国書刊行会 編著

大岡越前

天一坊事件

義と仁叢書 7

国書刊行会

まえがき

この物語は、名君と呼ばれた八代将軍徳川吉宗（一六八四―一七五一）が大胆な政治改革を進め、財政再建をはかっていたころが舞台です。

享保《きょうほう》十三年（一七二九）、将軍吉宗のご落胤《らくいん》と称する修験者天一坊《てんいちぼう》が、近く大名に取り立てられるという噂を振りまき、大勢の浪人を召し抱えて品川宿にやって来ます。噂は江戸城にもまことしやかに伝えられ、吉宗の、

「身に覚えがある」

との思いが伝えられ、幕閣の老中松平伊豆守までが疑いを持たない状況となりました。人相学にすぐれた大岡越前守忠相だけは、天一坊に一度対面した当初から、

「天一坊はニセモノだ」
と見抜いていました。しかし大岡忠相は重臣たちの意見を無視して「天一坊再取り調べ」の主張を通したことで、かえって不評を買ってしまいます。そこで大岡忠相は、命を賭けて事の真相を暴《あば》くことになります……。

本書では、おもに『第壱番目大岡調名高本説』『大岡政談天一坊一代記上』（明治時代の版本）、『天一坊』（長篇講談本）などの内容を参考にしながら、大筋の物語を生かしてまとめたものです。

今回の発行にあたり、次のような編集上の手を加えました。

①旧漢字・旧仮名遣いを新漢字・新仮名遣いに改めました。

②地名や風物、風俗、道具などについては当時の文字使いを原則として用い、適宜に理解のための補助を加えました。

③文章表現は基本的に現代文に改め、幕府要職者や侍の言葉遣いはできるだけ時代劇とし

ての雰囲気を伝えるために古い表現を生かしました。
④挿絵は『第壱番目大岡調名高本説』と『大岡政談天一坊一代記上』から各場面に合ったものを選び、適宜に画像処理を施しました。

平成二八年三月

国書刊行会

目次

（一）若き日の将軍吉宗とサワの出会い

1　修験者法沢と、酒好きのお三婆さん

享保《きょうほう》のころ、紀州（和歌山県）の片田舎の名草郡平沢村の修験の寺に、修験者《しゅげんしゃ》の感応院《かんのういん》と弟子の法沢《ほうたく》が住んでいた。雪の降るある晩、四国八十八ヵ所巡礼に向かう子連れの女を泊めてやったところ、女は急病で死亡し、不憫に思った感応院は、幼い子を引き取り、自分の後継ぎにするつもりで育てた。歳月がすぎ、幼い子はもう十五歳になり、名を法沢と言う。

法沢はととのった顔立ちで頭の回転が早く、弁舌巧みで、年のわりに世事《せじ》に通じていた。うわべに子供らしさが残るが、世間ずれして如才なく、ませた少年といっていい。機を見る

に敏で、小ざかしいところもある。一般の元服の年を考えれば、もう立派な青年だった。

ある日、檀家の年忌法要《ねんきほうよう》を終え、手つかずの食事があったので感応院が法沢に、

「お三婆さんにあげてこい。酒もつけてやれ。しかし、このごろお三婆さんは飲みすぎるから、ほどほどにな。今日はほかに用事もないのでゆっくりしてくるといい」

と言った。よくあることで法沢も心得ている。

「はい」

と答え、すでに用意をととのえた。

その日も雪が降っていた。お三は村はずれにひっそりと一人で暮らしており、法沢と世間話をするのを楽しみにしていた。法沢がお三婆さんの家に着いて言った。

「婆さん。法沢だが、両手がふさがっているので、開けてくだされ」

婆さんが戸を開けると法沢は急いで入り、雪のついた大徳利と風呂敷包みの重箱を床に置き、ぱらぱらと雪を払った。

「師匠から言われて、酒と料理を持ってきた。さあさあ、飲みなされ」

「おお法沢さん、それはありがたい。じつは寒さしのぎに酒を飲みたくてしかたがなかったのだが、この大雪で表にも出られず、困っていたところだった」

そこで法沢は、湯沸しの湯もたぎっていたので、すぐに燗徳利《かんどっくり》を温め、重箱の料理も鍋で温めた。法沢が酒を勧めるうち、盃もだいぶ数を重ねて世間話が進んだ。酒はほどほどにという師匠の言いつけはあったが、それで済む婆さんではない。こんな人恋しい雪の日に渡りに舟だったので、お三はだいぶいい調子である。

2 酒に酔いながらの昔話

そうこうするうち、ふとお三は静かになり、法沢の顔を見て涙ぐんだ。

「おいおい、酒と料理を持ってきたくらいで、そんなに泣かれては困る」

「いや、そうじゃないんだよ。あんたを見ると、どうしても孫のことを思い出すんだ」

「その話か。いつか聞こうと思っていたんだが、いったいその孫はどうしたんだい」

「これは、ほとんど人にもらしたことはないんだよ。あんたには話すが、生きていたら、あんたと同じ年頃だ。それで、どうもあんたが孫のように思えて。生きていれば大変なもんだ。大勢の家来を召し連れて、〝したーにぃ、したーにぃ〟と行列していたかもしれないね」

「そんなことがあるもんかね。それじゃ、まるで殿様だ」

「そうなんだよ。何しろ紀州様のお胤《たね》だから。うまくいけば将軍様になっただろう」

「婆さん、何を言ってるんだ。冗談もほどほどにしてくれ」

法沢が信じてくれないので、お三は少しむきになって語り始めた。

「じつは、私にはサワという娘がいて、紀州様のご家来加納将監様のお屋敷に、しばらく腰元奉公していたんだよ。そこに、まだお若い頃の八代将軍吉宗様が預けられていた。紀州光貞公が四十二歳の時のお子で、幼名を源六郎様とおっしゃったが、加納様がご自身の子として育てられていた。その若殿がお手をつけられて、サワが身ごもってしまった。日ごとに腹は大きくなるし、人目についてはまずい。そこで、しかたなく病気ということにしてお暇をいただくことにした。その時、源六郎様は、産まれた子供が男子だったら年頃になった時に申し出よとおっしゃった。お墨付きの短刀やお手許金も十分にくださってな。私も楽しみにしていたが、十月《とつき》たっていよいよという時、難産で産まれた子は男の子だったが、サワはあの世に往き、子もすぐに死んでしまった。あれからもう十五、六年になる」

一心に聞き入っていた法沢が口を開いた。

「気の毒に、そのお墨付きの短刀というのは、願い出る時の証拠ってわけか」

「そうだよ。願い出る時に差し出せばわかるというんだ」

「なるほど、そういうことか。婆さん、よかったらそれを見せてはくれないか」

「見せてもいいが、本当に誰にも言ってはいけないよ。あんただから見せるんだからね」

「誰にも言いやしないよ。孫のようだと言われてみれば、他人のような気がしない。しかし、そんなものがあるのなら、いままでも何かの役には立つんじゃないのか。事の次第をお上に申し出れば、多少のお手当もいただけるに違いない。そうすれば婆さんも気楽に暮らせるだろう。本当に役に立つものなのかどうか、ひとつ俺が見てやろう」

「ちょっと待っておいで。いま下ろすから」

とお三はよろめきながら立ち上がり、天井の梁《はり》に縛り付けておいた縄を解いて、包みを下ろした。油紙の包みを開けてみれば、三つ葉葵の金の紋所を散らした見事な拵《こしら》えの短刀と、達筆な書状である。しげしげと見ていた法沢は、思わず溜息をついた。

「たいした出来だ。確かに本物に違いない。筆も若殿の頃からお上手だったと見える」

「いつもご立派にお書きになっていたそうだよ。それに、大変賢いお方だったらしいね」

そう言うと、お三は思い出したかのように仏壇に線香をあげて念仏を称《とな》え始めた。

3　将軍吉宗の生い立ち

のちに八代将軍吉宗となる若殿源六郎は、徳川紀州家の二代藩主光貞の四男である。母は紀州家の召使い巨勢《こせ》六左衛門の娘で於由利《おゆり》の方《かた》といい、大奥の湯殿番だったのが光貞の眼にとまった。源六郎は産まれて間もない頃から、身分の低い母の手元を離れ、家老の加納将監に預けられ、十六、七歳まで加納の養子として育てられた。加納将監自身には二人の子供がいたが、自分の子供とは別に格別の計らいで源六郎を大切に扱った。

実際に源六郎を赤ん坊の時から育て上げたのは、気立てのよい乳母《うば》おくらである。源六郎はとくに元気で腕白な子供だったが、おくらは我が子のように慈しみ、藩主光貞の子ということもあって、物心つくまで深い愛情を注いで大切に養った。ところが、源六郎が十歳になろうという時、おくらは重い病いにかかってしまった。

育ての母が日に日に痩せ衰えていく姿を見て、源六郎はただ悲しむばかりである。おくらも源六郎の成長を見守り、立派な姿になるのを楽しみにしていたが、すでに治る見込みはない。自分の死を前にして、おくらにはどうしても源六郎に伝えたいことがあった。そして、いよいよという時、気遣う若殿にこう言った。

「……これまでのご厚情、まことにありがとうございます。若様のために、お心得いただきたいことがございます……じつは、若様は加納将監様のお子様ではございません。恐れ多いことでございますが、若様は紀州公光貞様のお胤《たね》でございます。お母上のご身分のこともあり、光貞様が将監様のもとにお預けになられたと聞いております」

「何を言う。そんなことがあろうものか」

「この期《ご》におよんで嘘など申しません。若様は紀州のお家を相続されることになるかもしれません。紀州家は徳川御三家のひとつ。ですから、ことによれば元服されて将軍家にお目通りとなり……そうなることを夢に見ておりましたが……」

「そうだったか。よくぞ申してくれた。予も安心したぞ……してみると、加納将監は予の家来ということになるのだが」

「そうでございますが、今そのようなことをおっしゃってはなりません。時期をお待ちくださいい。しかるべき時に親子ご対面となりましょう……そろそろお別れでございます」

4　法を破る若君と大岡越前守の裁き

その後しばらく、源六郎はこのことを知らぬふりしていたが、もともと闊達な性質である。やはり紀州家道統者《どうとうしゃ》としての誇りが態度に出てしまう。源六郎と加納将監、そして一家との間にぎくしゃくとした居心地の悪さが漂《ただよ》い始める。しかし、いずれ明かされることであるが、ある時、源六郎はつい口にしてしまった。

「父上、いや加納将監、予は自分の身の上を存じている。その方の、これまでの苦労も十分に理解しておる。予がそのことを忘れることはない」

我が子として養ってきた加納将監は面食らったが、見せかけの親子の縁も、もはやこれまで。このまま源六郎を自分の屋敷においておくこともできない。こうなっては、まず源六郎の実父光貞公に報告するしかない。将監はさっそく城に参り、殿にお目通りを願って一部始終を伝えた。光貞は将監の労をねぎらい、源六郎を引き取ることにした。

源六郎はしばらくの間、家来をつけて松坂の陣屋で暮らすことになった。しかし、そこでもじっとしている源六郎ではない。遊び盛りで何でもし放題だが、紀州家の若様とあっては周りも手出しすることはできず、地元の者たちを大いに困らせていたのである。

ある時期、毎晩のように伊勢の二見ヶ浦に網を入れて魚をたくさん獲っていたが、そこは禁漁地だった。さて、どうしたものか。誰もが源六郎に手を焼いていたなかで、ただ一人その行いを罰した者がいた。当時、山田奉行《やまだぶぎょう》として当地の裁きを司《つかさど》っていた大岡忠右衛門、のちの大岡越前守忠相《ただすけ》である。山田奉行は江戸幕府の遠国《おんごく》奉行の一つで、伊勢国山田に駐在し、幕府直轄地の伊勢・志摩および鳥羽港を管掌《かんしょう》していた。

「源六郎殿のご身分もあるが、天下の法は法である。これを捨て置くことはできない」

と、大岡は早々に召し取るよう配下の者に命ずるが、みな、その威光に恐れをなして取り押さえることができない。そこで大岡みずから出向いて源六郎を取り押さえ、

「松井村の百姓の倅《せがれ》源蔵という者が発狂して紀州家源六郎と名乗り、殺生《せっしょう》禁断の二見ヶ浦に網を入れた」

ということにして裁いた。犯人が紀州家の若様では事が面倒だが、そう名乗った者であるとすれば問題ない。まして狂人であれば罪を問われることもない。大岡は源六郎本人にも意見を申し上げて諭《さと》した。その後、源六郎の勝手気ままな行いは鳴りをひそめたという。

源六郎はしばらく松坂の陣屋で学問に励み、その後再び紀州に戻ることになった。

5　沢の井の懐妊と証拠の品

さて源六郎がまだ加納将監の屋敷にいた頃、つねに源六郎につき従い世話をしていたのが、紀州名草郡平沢村の百姓茂右衛門の娘サワである。当家では沢の井と呼ばれた。茂右衛門が病死すると母お三の手一つで育てられ、加納将監の屋敷で腰元奉公をしていた。

源六郎は沢の井を大変気に入り、紀州光貞公のもとに戻ってからも、たびたび加納の屋敷

にやってきた。そんな時にも、沢の井は十分に役目を果たした。物心つくまで加納のもとですごした源六郎にとって、同じ年頃の沢の井は大きな慰めであったに違いない。そして、いつしか源六郎の手がついて、沢の井は身ごもったのである。

我が身の変化に気づいた沢の井は、はじめのうちはどうしたものかと思案していたが、五ヵ月もたてば黙っているわけにもいかない。そこで沢の井は源六郎に申し出た。

「若様。じつは……私は若様の子を宿しております」

「……そうであったか……そなたも知るとおり、まだ予は部屋住みの身であり、今はどうすることもできない。しかし、大切にいたせ。悪いようにはいたさぬ」

源六郎はこのことを加納将監にも伝えた。沢の井の懐妊を知った加納将監は穏やかではなかった。やはり身分に違いがある。そんなことで将来、主君光貞の名に傷をつけるようなことがあってはならない。そこで、病気を理由に沢の井を実家に戻すことにしたのである。こうして沢の井は屋敷から身を退くことになったが、別れ際、源六郎はこう言った。

「その子が産まれて、もし男子であったなら、時を見て申し出るがよい。その時のために証拠の品を渡すとしよう。実家で大切に子を育ててくれ」

源六郎からすれば、やがて産まれてくるであろう子に我が身の上を重ね、できるだけのことをしようと、沢の井とまだ見ぬ子を思いやったに違いない。

(二) 修験者法沢の野望

1 お三婆さんを殺して放火

仏壇に線香をあげ、念仏を称えたお三が、法沢《ほうたく》のところに戻って言った。

「本当に楽しみにしていて、願いどおりに男の子が生まれたんだよ。こんな田舎で産婆《さんば》もいないから、私が子を取り上げてやったんだが、だいぶ難産だったので、それがいけなかったのかね。介抱している間もなく娘は死んでしまった。子供もそのまま……」

「婆さん、もういい。思い出すのも辛かろう。そんなことよりも、これからは自分のことを考えたらどうだ」

法沢は心にもない言葉を口にした。人に話せば気が楽になることもあるので、お三は法沢の言葉を聞いて、思い出したようにまた続けた。

「前にも、そんなことも言った人がいる。あのあと、狂ったようになって、私は死んだ子を離さなかったので、みんなで私のことを考えてくれたらしい。平沢村に身内はいないから、名主がかけ合ってくれて、隣村（平野村）の名主の七右衛門という人のご厄介になった。お墨付きの短刀もちゃんと預かってくれて、正気に戻った時に返してくれた。そこで短刀のわけを七右衛門に話したら、時期をみて申し出たらどうだ、と教えてくれた」

この俺様なら、もっとうまく利用できる、と法沢は思い始めていた。

「いろいろと話してしまったが、このお墨付きの短刀を見ると、どうしてもあの頃のことが思い出されてしまう……法沢さん、もう一杯もらえまいか」

「これを最後になされ。あんまり飲んだら身体に毒だ」

酌をしながら法沢は考えていた。人の運命を聞くにつけ思うのは、人生は常に不公平ではかないものである。法沢自身も決して恵まれた身の上ではない。どうせ一度は死ぬ身。利用

できるものは何でも利用して、思いどおりに図太く生きればよい。
　やがて、それまでお三の話を聞きながら、何となく思っていたことが確信に変わった。いくつもの場面が目まぐるしく展開し、一本の筋が通った。すでにお三婆さんは酒に酔い居眠りをしている。外では相変わらず雪が降り続いている。
　咄嗟《とっさ》にお三の背後に回った法沢は、手拭いで力のかぎりお三の首を絞めつけた。アッと思ったお三は助けを求める間もなく、しだいに意識が遠のいていった。

「可哀相だがしかたがねえ。口は禍《わざわ》いの門《かど》とはこのことだ」

息絶えた頃合をみて、法沢はそのままお三を囲炉裏のなかに押し倒した。さらに手拭いや枯葉など燃えそうなものをその上に散らすと、火の勢いは増していった。

いずれ誰かが発見し、なぜこんなことになったのかと訝《いぶか》るだろう。そして思い至る。お三は酔いつぶれて正体を失い、何かの拍子に囲炉裏に倒れて死んだのだと。法沢は短刀とお墨付きを奪い取って表に出た。

そのまま寺に帰ろうと思ったが、二、三軒、馴染《なじ》みの家に寄ることにした。ゆっくりしてきていいと出がけに師匠が言ったのだから、寄り道して帰ればよい。顔見知りと世間話をしたり将棋を指したりして帰れば、お三の家には長居しなかったように見せかけられる。十分なアリバイ工作とは言えないが。

2　師の感応院を毒殺

馴染みの彦兵衛宅で茶を飲み、手土産をもらい寺に戻ると、師匠は大変立腹していた。むしろ怒り狂っていた。

「ただいま戻りました……どうなさいましたか。ゆっくりしてきてよいとのことで、少々のんびりしすぎてしまいました。どうかお許しください」

「別にお前のことではない。あの久助がお霜を連れて出て行ったのだ。憎《に》っくき久助め。これから二人を捕まえに行く」

寺には下男の久助と下女のお霜がおり、感応院は以前から下女のお霜に言い寄っていたが、どんなに口説いてもお霜は心を許さない。そこで、窮乏していたお霜の父親をたぶらかし、情《なさ》けごかしに金を渡して恩義で縛り、お霜をもらい受ける段取りをつけた。しかし、お霜はいつしか下男の久助と恋仲になっていたのだ。

折りしも二人は、身の回り品をまとめて逃げ出したばかり。久助は、美濃国《みののくに》（岐阜県南部）の大垣にいる親が大病に臥《ふ》しているとの知らせを受け、どうしても国許に戻らなければならなかった。親元からの手紙が残されていたので、感応院はそのことを知ったのである。

恋慕と憎悪の情を煮えたぎらせている感応院に、法沢は言った。

「しかし、どこへ行こうにも、道もわからずに追いかけるのは無駄なことです。それよりも、家のなかで何かなくなった物はないか確かめましょう」

「それはいま見たのだが、持ち出したのは着物ばかりだ。祈禱料の三十両は小箱にあり、ほかになくなった物はない。ただ悔しいのは、俺の思いが水の泡と消えたことだ」

「まあ師匠、どうか落ち着いてください。ただいまお茶でも入れましょう。帰りにいただいた茶《ちゃ》請《う》けもございますので」

法沢は台所に行き、先ほど彦兵衛の家でもらった饅頭の包みを開けた。その一つを裏返して串で小さな穴を開けると、以前、鼠捕りにしようと猟師から分けてもらった猛毒の鳥兜《とりかぶと》を仕込んだのである。その時、遠くから人のざわめきが聞こえた。

「何かあったのでしょうか」

と言いながら、法沢が饅頭と茶を師匠に差し出した。

「茶より酒でも飲みたいところだが」

感応院は、腹立たしさを饅頭にぶつけてがぶりとかじった。その時、

「火事だ、火事だーッ」

と大声が聞こえるので、法沢は表に出た。火の手は思った通りの方角である。

「こんな寒い日に火事とは。それにしても心配だ。どうもお三婆さんの家の方です」

「お前、ちょっと行って見て来なさい……ううっ、何だこれは！　お前、何を……」

感応院は腹のなかのものを吐いて、のたうちまわっている。

「腹の中で火事が起こったか。でも、俺じゃない。久助の仕業《しわざ》ということにしよう」

「何だと、お前、まさか……」

感応院は虚空を見すえたまま倒れた。思うつぼである。とんとん拍子に事が運んだ。これまでの恩義などどうでもよい。ついでに久助も殺すことができればよかったのだが、それではあまりに事件が重なりすぎて自分が疑われる。久助はもっと利用のしかたがある。

「運のいいやつだ。しかし、いずれ始末してやろう」

3　村人をだまして旅立つ

平沢村の名主総右衛門がやってきて言った。

「大変なことになった。お三婆さんの家から火が出て、婆さんもなかにいたようだ」

「ええっ！　どうしてまた、そんなことに」

と法沢は驚いて見せた。

「よくわからないが、どうも深酒して粗相《そそう》してしまったようだ。法印様はおられるか」

「それが……うちも、とんでもないことになっておりまして……師匠が亡くなっていま す。家に帰ってみたら、そこに倒れていたんです。久助とお霜も見当たりません。どこかで 二人に会いませんでしたか……何てことだ。いったい、どうしたらいいんでしょう」

法沢は涙ぐんで見せた。天性の役者といっていい。思ったとおり、お三は酔いつぶれて、 みずから焼け死んだと思われている。それなら、絞め殺した跡も残るまい。感応院を殺した 犯人が久助とお霜だと決めつけるにはまだ早いようだが、村の者がそう思い始めれば好都合 である。

法沢はお三と師匠の仮葬儀を同時に済ませ、それからというもの、一所懸命に経文を読ん でいた。村の者がやってきても気づかない様子で、読経三昧である。

「不憫でならねえ。まだ年若いから、法沢さんもああして祈るしかないだろうが、感心な ものだ。いずれ感応院の跡継ぎになるだろう。あれほど師匠思いの弟子もほかにいない」

こんな話が村人の間で語られるようになり、ある日、平沢村の組頭総代以下数名が名主総右衛門の家に集まって相談をした。その結果、法沢に後継ぎになってもらうことになり、さっそく法沢がその場に呼ばれて事の次第を告げられた。が、法沢はすぐには承諾しない。

「私のような若輩者に格別のお取り計らいをしていただき、まことにありがとうございます。でも、まだまだ跡を継ぐには力不足ですので、三年ほど諸国で修行をさせてください。しかし、その前に何とかして師匠の恨みを晴らしたいのです」

「そう言ったって、あんた、まさか仇討ちにでも行く気かい。気持ちはわからないでもないが、いくら相手が悪党だからといって、坊さんの身で人を殺《あや》めるというのはまずい」

「いえ、まだ誰の仕業《しわざ》かもわかりませんが、せめて犯人を突き止めて、お上に差し出したいのです。でないと、師匠に申し訳が立ちません。これだけは何としても私がやらなければなりません。どのくらい時間がかかるかわかりませんが、目星《めぼし》がつきしだい戻ります。久助とお霜を見つければ、手がかりがつかめるかもしれません。久助たちが出て行ってから、まだそう日もたっていません。今からならすぐに追いつくことができるでしょうから、翌朝早々に出立しようと思います。幸い、久助たちの行き先もわかっています」

結局、総代たちも法沢の意志には勝てず、三、四年後をもって法沢を正式に後継ぎにしようということになった。それまでは、何とかして寺の管理をするしかない。村の者は健気《けなげ》な法沢を思い、皆でいくらかずつ出し合って餞別を与えた。

「どうもありがとうございます。師匠から小遣いもいただいておりますので、これだけあれば、しばらくはやっていけそうです。金に困れば袖乞《そでご》いもいたします」

こう言って法沢は、感応院が隠しておいた三十両も懐に入れ、大事なお墨付きの書状と短刀、着替え、筆入れなど必要と思われる物を連尺《れんじゃく》（背負子《しょいこ》）に入れて旅仕度を整えた。何かの役に立つだろうと、久助の親元からの手紙もしまい込んだ。

これからすぐに江戸に向かうのもいいが、それこそ急ぐことはない。もう少し知恵をつけてから江戸に上がって、首尾よくいけば将軍様のご落胤《らくいん》だ。もう、ここに戻ってくることもあるまい。そう決めて、法沢は寺をあとにした。

4　法沢の悪だくみ

一方、久助とお霜は久助の親のいる美濃国大垣への道を急ぎ、まだ夜も明けきらない加田《かだ》の浦《うら》にいた。人目を避け、不安におののく二人は昨夜、通りすがりの寺に頼んで一晩明かしたが、女連れの旅路では足取りも遅い。久助がお霜を思いやる。

「お霜。一時の女心から、連れて行かなければ死ぬとまで思いつめていたが、長い旅路は何とも気の毒なことだ。きっぱりとこの俺を思い切り、家に戻ってご主人様に従えば、お前も楽になるし親孝行にもなる。もう、ここまで来てしまったが……」

「聞きたくもありません。父さんは何の相談もなしにご主人様から借金して、私を妾《めかけ》にしてもよいとは何とも情けない。どうか私を見捨てないでください」

その時、話し声が聞こえた。いま人に見られてはまずい。そこで二人は葦の陰に身を隠すことにした。すると、そこに見覚えのある人影。旅姿に身を固めた法沢が数人の見送りの農民とともに浜辺伝いにやってくる。

「法沢さん。師匠のことを思う気持ちはじつに感心だが、くれぐれもご用心を。法印様を殺《あや》めた者なら、どんな残虐なことでもするに違いない。それに、あんたはまだ若すぎる」

「ご心配ありがとうございます。でも、自分の身を守るくらいの準備はしてあります」

と法沢が示すと、連尺から布をかぶせた棒のような物がはみ出している。

「万が一のことを考えて、慣れない物を持ってきました。脇差の柄頭が見えたのでは、小坊主の旅支度としては見栄《みば》えがよくない。物騒ですから」

「そんな物までお持ちになって！」

「せめて犯人を捜してお上に突き出したい。皆さんには大変お世話になり、何ともお礼の言いようがありません。そろそろお別れです」

と、まことしやかに涙まじりの挨拶をすると、法沢はここで農民たちを帰した。

「これで邪魔者もいなくなった。もう何の気兼ねもいらねえ」

つぶやきながら、法沢は不敵な笑みを浮かべた。その様子を薄気味悪く、怪しく感じたのだろうか、数匹の野犬があらわれて法沢に吠えかかった。法沢は、打ち捨ててあった舟の舵棒を手に取って追い回し、一匹の脳天をたたいて半殺しにした。

ここでまた、法沢は一計を案じる。先ほどの脇差を抜いて犬の首を突き刺すと、着物を脱いでしたたる血をなすりつけ、久助の親からの手紙と脇差をそこに落としたのである。次に、持ち物のなかから大事な物だけを袋に入れ、それ以外は連尺とともにその場に置いた。そして持参した替えの着物に素早く着替えると、犬の死骸は海に投げ捨てた。

「これで、師匠の仇を討ちに行った法沢が返り討ちに合い、久助が俺を始末したことになるだろう。俺はまだ大人の仲間入りをするには早い。だが、相手は立派な大人だ……」

その様子を久助とお霜は、葦原の陰から訝《いぶか》しげに見守っていたが、法沢が去ると、恐ろしさもあって旅路を急ぐことにした。

その翌日、たまたまそこを通りかかった平野村の名主七右衛門が血まみれの着物と手紙、脇差と連尺に気づいた。この場で刃傷《にんじょう》沙汰《ざた》があったことを思わせる品である。とりあえず七右衛門は役人に届けたが、その後、平沢村の名主総右衛門に話したところ、総右衛門は法沢の持ち物であることに気づき、法沢は久助に返り討ちに遭ったのではないかということになった。そして、この不審物は平野村の不浄蔵《ふじょうぐら》に収められることになった。

5　旅先で百両盗み、舟で大坂へ

法沢は、加田《かだ》の浦《うら》から瀬戸内を西に向かう船便に乗り込んだ。

江戸からはだいぶ遠ざかるが、顔見知りのいない土地に身を置いて、今後の準備をするのもよい。とはいえ、そこに長居する気はない。当面、必要になるのは金である。

法沢は、肥後（熊本県）の商人加納屋利兵衛と船中で知り合う。吉衛門と名を偽り、肥後に向かったまま行方知れずになった父親を探しに行くという嘘をついて憐れみを誘った。利兵衛は当座の働き口として、菓子屋を営む知り合いの丈助を紹介してくれることになった。

利兵衛から聞いた吉衛門の父親探しの話を信じ込んで、丈助はしばらくの間、店の下働きをさせながら吉衛門を自宅に置いてやることにした。

この丈助の本家に、細川越中守《えっちゅうのかみ》に呉服御用をしている熊本屋六右衛門という金持ちがいた。吉衛門があまりに熱心に真面目に働くので、丈助は自分の商売がひまになった時、吉衛門が六右衛門のもとで下働きできるように取り計らった。

六右衛門には年頃の娘おふさがいた。吉衛門（法沢）は熊本屋の本家に行った時、おふさと知り合った。おふさは吉衛門の父親探しの話を伝え聞いており、しだいに気丈で利発な吉衛門に恋心を抱くようになった。これを利用しない手はない。できるだけ慎ましく、誠実に振る舞ううちに、吉衛門は熊本屋一家からも可愛がられるようになった。それを利用して、吉衛門はおふさの心を巧みに操った。

店には年若い番頭の弥吉がおり、六右衛門から金庫番を任されていた。弥吉は以前からおふさに思いを寄せている。吉衛門は、親切ごかしにおふさと店の戸締りについて語るうち、蔵や金庫の錠前の扱い、鍵の保管場所などをうまく聞き出すことに成功した。

ある時、弥吉の手伝いをしていた吉衛門は、弥吉が売り上げの出し入れをする折に、鍵を蔵の棚に置いた隙を見て、その型を密かに紙切れに写し取った。そして、遊び仲間になっていた細工職人に十分な金を与えて合鍵を作らせたのである。

花見の季節となれば、町の各所では茶会の催しがさかんである。熊本屋にとっても書入《かきい》れ時で、主人の六右衛門、番頭の弥吉も目が回るほど忙しい。店の仕切りを番頭に任せて、六右衛門は得意先回りや自身の茶会参加などで、店を空けることもしばしばだった。

花見も見納めに近い頃、六右衛門は店の者の前でこう伝えた。

「次の休日、私は茶会に出席しなければならないが、弥吉は久しぶりに羽を伸ばしなさい。吉衛門もゆっくりと休むがいい」

「まことにありがとうございます。しかし私には父親探しもありますので、せっかくのお休みは手がかりをつかむために出かけたいと思います」

この時が来るのを、吉衛門（法沢）は待っていた。店の誰もが蔵に近寄らない時間を見計らい、蔵に忍び込んだのである。高飛びすることを考えれば、大金はかえって身動きの邪魔になる。とりあえず百両ほどをさらしにくるみ、しっかりと紐で縛った。それを、お墨付きの短刀や着替えなどとともに頭陀袋《ずだぶくろ》に収めると、港に急いだ。

ここからは、迂闊《うかつ》に人と眼を合わせることはできない。吉衛門の顔を捨てた法沢《ほうたく》は、まず港近くの寺の雑木林に身を隠し、前もって用意していた帯に、盗んだ小判を移し始めた。帯を長い三列の波のように折りたたみ、一寸二分ずつ区切るように横に縫い目を入れたものだ。その区切りのなかに一枚ずつ小判を差し込んで胴に巻けば、六十両ほどを肌身離さず所持できる。相当の重さである。残り四十両のうち二十両は袋に入れて、着替えで包んで頭陀袋に戻し、二十両は懐にしまい込んだ。

肥後からは、途中で船を乗り継ぎながら、大坂に向かうことができる。船は積荷が集まりしだい出帆するはずだが、それにはまだ数日かかるだろう。それまではできるだけ出歩かないようにして、しばらくは寺の納屋にでももぐりこんで夜を明かせばよい。

三日後の、いよいよ船が出帆すると思われた日に、地味な旅姿に身を包んだ法沢は船中での食べ物を手に入れ、早めに乗船場に向かった。遠目に用心深く、待合周辺の乗り合い客を確認すると、幸い顔見知りの者はいない。法沢は何食わぬ顔で乗船の手続きを済ませて天神丸に乗り込み、甲板の隅にある積荷の陰にもたれると、どこで手に入れたのか流行《はやり》ものの版本を読んでいた。このまま、できるだけおとなしくしていれば都に着けるはずだ。

ところが、肥前《ひぜん》（佐賀県の一部と長崎県の一部）、筑後《ちくご》（福岡県の南部）、豊前《ぶぜん》（福岡県東部と大分県北部）を回ると、天神丸は思わぬ嵐に出遭って難破したのである。

（三）「ご落胤」の筋書き作り

1　舟の難破

嵐のなかで法沢が命の次に大事なお墨付きの短刀を懐にしまい込んだとき、天神丸は大波をかぶって転覆《てんぷく》した。頭陀袋を手にする間もなく荒海に投げ出された法沢は、腹に巻いた六十両の重さで危うく沈みかけたが、咄嗟につかんだ積荷を離さずにいた。乗り合わせたほとんどの者は、重い積荷とともに海の藻屑《もくず》となったが、悪運の強い法沢は軽い積荷とともに漂ううち、波も治まり、たまたま近くを通りかかった漁師に助けられて浜にたどり着いた。そこは、伊予国（愛媛県）のはずれの小さな漁村である。

法沢は早く大坂に出たいと思ったが、そのためにはまず漁師を当てにするしかない。一日休ませてもらい、法沢が大坂への道を尋ねると、漁師はこう答えた。

「だいぶ先にある町に行けばわかるだろうが、陸の道を通っていくのは大変だ。舟なら楽に行けるが、今は俺も近場の漁で忙しい」

「そこを何とか頼む。礼ははずむ。一両でどうだ」

と言って、法沢は前金として半金の二分《にぶ》を渡した。近場で魚を獲って売るよりはだいぶ分がよい。それに、半年ぶりに町に出ることもできるので漁師は請け合った。半日ほどかかって藤が岡というところに舟をつけると、法沢は残りの二分を渡した。

町で尋ねたところ、大坂までの道は見当がついたが、まだまだ遠い。そうこうしているうち日は暮れる。宿らしきものはない。しかたなく法沢は人気《ひとけ》のある家の戸をたたいた。出てきた若い男に、法沢は肥後を発ってからこれまでのことを話し、一晩泊めてもらえないかと頼んだ。男は主人に確認すると言って奥に行き、しばらくして宿泊が許された。

2　追いはぎを手玉に取る

思いのほか大きな家で、上がってみると、六畳ほどの控えの間には一癖ありそうな強面《こわもて》の男が三人いた。一人は年かさである。どうせ、ろくな者ではないだろう。年かさの赤ら顔の男が言った。

「難破して命拾いしたってなあ。ずい分と運がいいじゃねえか。今、主人は酒を飲んでいなさるからすぐには出られないが、腹も減っているだろう。ちょっと待ってな」

そう言って赤ら顔の男が出て行くと、やがて若い男が簡単な食事と薄い蒲団を運び入れた。男たちは別の間に移って相談し始めた。親分格の男もそこにいた。

「どうだ。鴨《かも》になりそうか」

「身軽な出で立ちだが、適当に持っていそうだ。野郎、何だか油染《あぶらじ》みたさらしを巻いた物を大事そうに持っていやがる。それに、何度も腹や背中を触っているのが気になる」

と、赤ら顔の男が答えた。食事前の法沢の様子を注意深く見ていたのである。この男は赤川喜十郎といい、親分格は藤井甚左衛門という。ともに落ちぶれ浪人である。

法沢は腹を満たして一段落していたが、寝るにはまだ早い。厠《かわや》を探しついでに控えの間を出ると、男たちの声が聞こえた。酔っている様子である。抜き足差し足で声のする方に向かい、法沢は襖の陰で聞き耳を立てた。親分の声が聞こえる。

「で、どうする。今夜片づけるか。まさか逃げはしないだろうから、明日なら千丈ヶ谷の地獄落としに連れて行けばいい。仏《ほとけ》の始末にも手間がかからねえ」

「しかし早いところやっちまったほうが気が楽だ。善は急げってもんだ。仏は裏の雑木林に穴を掘って埋めちまえばいい。せいぜい二十歳前《はたち》のガキだ。手間は取らせねえだろう」

「じゃあ、若いのにやらせるか」

ということで、若い二人を先に立てて控えの間に向かい、おもむろに襖を開けた。すると、二十歳前のガキと思われた法沢が床の間に座ってにらみを利《き》かせているではないか。

「このやろう。どういう了見だ」

「下がれ！　我を何と心得る。かような賤《いや》しい姿で参ったので、我の身の上など想像もつかぬようだ。我を殺害して金品《きんぴん》を奪う腹積《はらづも》りと見たが、無礼《ぶれい》を働けば捨て置かぬぞ」

と言って、法沢は三つ葉葵のご紋を散らした短刀を抜いて身構えた。思わず不意を衝かれた恰好の藤井甚左衛門と赤川喜十郎は黙ったままである。法沢は続けた。

「我を何と心得る。我は徳川八代将軍吉宗公の落胤《らくいん》である。詳しくは申さぬが、この短刀がその証拠である。じつは父上より内命を受けてこの地に参った。近頃、諸国に山賊らが横行して世の中が穏やかでない。よって予は当地の様子を探るよう仰せつかったが、目星をつけてここに入ってみれば、案の定である。しかし、その方らの所在を突き止めたので、すでにこの屋敷の周囲には配下の者を控えさせた。予がここに長居すれば、時を見て押し入ってくるだろう。疑うならば調べてみよ。しかし言っておくが、手練《しゅれん》の者を集めている。表に出て早々、飛び道具にでも当たらぬよう十分に注意するがよい」

四人の男たちは冷や汗をかいて、互いに顔を見合わせている。芝居がまんまと図に当たったと見た法沢は、さらに語気を強めてこう続けた。

「浅ましき山賊ども、ただ今より改心して今後の山賊退治に協力するとあれば、特別に取り計らってもよい。江戸《えど》表《おもて》に召し連れ、しかるべき役柄を与えて取り立てることも可能である。しかし、わずかな金に迷い、ここで予に対して無礼を働くとあれば捨て置かぬ。憐れな最期を迎えることになろう。さあ、覚悟を決めよ」

「ははーっ。恐れ入りましてございます」

藤井甚左衛門が真っ先にひざまずいて頭を垂れ、赤川喜十郎と若い二人も従った。

「そのようなお方とは知らず、大変ご無礼いたしました。仰せのとおり、目前《めさき》の金に目を奪われ、若様を殺害して奪い取ろうなどと図ったのは我らの誤り。どうか、よきにお取り計らいくださいますよう、お願いつかまつります」

3　藤井左京と赤川大膳の誕生

こうして、法沢は四人を騙した。しばらく四名は平伏したままである。満面の笑みをうかべた法沢はこらえていたが、ついに吹き出した。あまりに大声でおかしそうに笑い続けているので、四人が顔を見合わせていると、ようやくご落胤様が口を開いた。

「はっはっはっはっはっ……じつはな、これまで言ったことはすべて嘘だ。証拠の品は正真正銘の本物だが、この俺様はご落胤でも何でもねえ。みんな作り話さ。この俺は紀州の片田舎、平沢村の感応院《かんのういん》の、その弟子の法沢って山伏だ。じつはな……」

と法沢は平沢村でお三を絞め殺してからこれまでの荒筋を語って聞かせた。そして、これからの筋書きも明かした挙句《あげく》、こう言った。

「これには目算《もくさん》も自信もある。うまくすれば俺は大名だ。さしずめ二人はご家老ってとこ

ろだ。こんな企てに話が変わってしまったが、どうだ乗らねえか」

「もとより落ちぶれ浪人の山賊稼業だ。そうとあれば、ひとつ乗ってみるか」

親分の甚左衛門が腹を決めたので喜十郎も従った。法沢は少しも隠さず、あからさまに話して意外な展開となったので、みな呆気にとられていた。しばらくして甚佐衛門が申し出た。

「疑うわけではないが、その証拠の品を見せてはもらえまいか」

「ほら、じっくりと見るがいい。備前兼光《びぜんかねみつ》だ。こんなものがあったばかりに盗みも殺しもした。筋書きを通すためには、これからも続けるしかねえ。もう、あとには退《ひ》けねえ」

「見事な細工《さいく》だ。確かに本物に違いない。しかし世の中には太えやつがいるもんだ。この若さで、なかなか見上げたもんだぜ」

さんざん騙された末、計略に乗せられた二人だが、悪事を重ねた自分たちを手玉に取った力は認めざるを得ない。甚左衛門、喜十郎は法沢を敬服し始めていた。思い切りのよい二人にくらべて、経験の浅い若造の二人はどうしたものかとまだ決めかねている。

「あの二人はいらねえ。腹の据わらないやつは、足手まといになるだけだ」

「確かに。俺も今それが気になっていた」

すきを見て法沢が甚左衛門、喜十郎に耳打ちすると二人も同意した。喜十郎が提案した。

「これは大舞台になる。俺たちだけじゃ足りねえ。どうだ叔父貴《おじき》に登場願っては」

「それがいい」

「何だ、その叔父貴というのは」

と法沢が口をはさむと、甚佐衛門が続けた。

「俺の親爺は水戸家の家来で、柳沢甲斐守と組んで大事をなそうとした藤井紋太夫だが、中納言光圀《みつくに》のためにお手打ちとなった。その弟が美濃国《みののくに》（岐阜県南部）長洞村の常楽院という日蓮宗の寺で住職をしている。七十すぎで天忠坊日真と称しており、煮ても焼いても食えない坊主だが、話は早い。この叔父に会えば、いろいろと入れ知恵もしてくれるだろう」

「それは好都合だ。おれは山伏だが、坊主どうしで知恵も出し合えるだろう。ところで、これから俺は将軍のご落胤という建前で動かなければならない。そこで一同の態度に粗相《そそう》があってはまずい。くれぐれも俺を立てるようにしてくれよ」

「もちろんだ。そのへんは抜かりねえ」

「ついては二人とも名前を変えようじゃねえか。将軍のご落胤を立てようというのに藤井甚左衛門と赤川喜十郎では威厳に欠ける。ここはひとつ、藤井左京と赤川大膳としよう」

「了解した。俺は甚左衛門を捨てて左京だ。さっそくだが大膳、やつらの始末は頼んだぞ」

「わかった」

ここで法沢は懐から二十両を投げ出した。

「これはほんの手土産代だ。明日にも出立してえもんだ」

翌日、壮行会と称して、昨晩の二人をはじめ数人の若い衆が集められた。まず、赤川大膳が毒を仕込んだ酒を全員の盃に注ぐ。藤井左京が音頭をとった。

「取り急ぎ、ひと月ほどの旅になるが、俺たちがいない間のことはよろしく頼む。若い者どうし仲良くやってくれ。吉報《きつぽう》を楽しみにしていろ。簡単ではあるが、乾杯！」

「おう、乾杯！」

と若い衆全員が景気をつけて盃を干した。しかし、三名だけは親指に口を当てただけで、ほどなくして、少し用事があると言ってその場をあとにした。

4　常楽院天忠坊の登場

十日ほどで三名は美濃国長洞村の常楽院に着いた。藤井左京と天忠坊日真は久しぶりの対面である。改名したことを伝えると天忠が言った。

「ほう。改名するというのは、よほどのことがあってのことだろう。何かくだらぬことでも考えていなければよいが、まっとうな道を歩んでいるのだろうな。浪人とはいえ、この天忠の甥だ。けちな賊などを働くなよ。どうせやるなら大きなことをしろ」

「はい。仰せのとおりでございます。そのこともありまして、今回やって参りました」

水戸家の家来藤井紋太夫の弟である天忠は、幼い頃に出家して仏教を修めていた。物心ついてから日蓮宗の僧侶として諸国を行脚したのち、佐渡国相川郡小島村浄覚寺に留まり、数年のちに事故と見せかけて住職を殺害し、跡を継いだ。浄覚寺は美濃の常楽院の末寺である。その後も悪事を重ねてこの美濃の地に移り、得意の手練《しゅれん》で浄覚寺の本寺《ほんじ》の常楽院の住職におさまったのである。

七十歳をすぎて世事に明るく、今は日真《にっしん》として表向きは仏の道を説き、日蓮上人の生まれ変わりと自称している。如才なく、機を見るに敏で、法沢に相通ずるものがある。

「つきましては叔父上、ひとつお願いがあるのです。じつは、赤川のほかに参りましたもう一人のお方は、八代将軍吉宗様のご落胤で、法沢様とおっしゃいます」

と語った藤井左京は、紀州の加納将監方で源六郎様と称していた若い頃の将軍様が、沢の井に手をつけて産まれたのが法沢様であり、さらにこれから江戸に願い出て、将軍様との親子対面を実現させる計画であると述べた。

「それは大変なお方をお連れしたものだ。確かに、あの若い男はどことなく威風を漂わせている。しかし、本当にご落胤であるという証拠でもあるのか」

「はい。将来、子として願い出る時の証拠として、源六郎様みずからお渡しになったお墨付きの短刀がございます。まずはお目通りいただければと存じますが、将軍様のご落胤にお越しいただいておりますので、叔父上からあいさついただければ幸いです」

「おい甚左衛門。俺まで騙そうって腹か」

「とんでもございません。それに、私は左京でございます。ともかくも、お目通りくださいますよう。ことによれば将来、大僧正となるご縁もあろうかと……」

左京が当山住職の天忠坊日真を案内すると、法沢は三つ葉葵の紋所を散らした短刀とお墨付きの書状を脇に置いて、正面に端座していた。

「これへ同道しましたのが、当山住職の天忠坊日真でございます。お目通り仰せいただければ、ありがたき幸せに存じます」

「ほう。天忠坊と申すはその方か。許す。近う寄れ」

「へえ。ご尊顔うるわしく、天忠ありがたく幸せに存じます」

と天忠が、敬うような訝《いぶか》るような態度で返事をして頭を下げると、法沢も返した。

「予は八代将軍吉宗公の落胤。このたび江戸表に参り父上にお目通りいたす。ついては諸国の風土を見届け、これを父上への一つの土産としたい。美濃国については、その方がいれば心強い。江戸表に参るにあたり、その方にも供を申しつける。そのように心得よ」

5　瓜二つの天一坊と法沢

藤井左京、赤川大膳は思いのほか、うまくことが運んでいるようでほくそえんでいる。しかし法沢と天忠は似た者同士で互いの臭いをかぎ分けており、どの程度の者であるのか、だいたい見当がついている。天忠が切り出した。

「ははは。この俺に頭を下げさせるとは、なかなかの役者だ。ことのいきさつについて詳しく聞こうではないか。まず、その証拠の品というのを見せてもらうか」

すると法沢は天忠のもとに進み出てあぐらをかき、お墨付きの短刀を渡してあらましを語った。天忠は穴が開くほどお墨付きの短刀を眺めた。見事な出来である。とくにお墨付きの書状についても、その筆運びのよさは認めざるをえない。

「うまくせしめたものだ。役者がそろえばうまくいくかもしれないな。これまで俺もずいぶん際どい世渡りをしてきたが、ことのついでだ。後生を願うのは大仕事のあとにするか」

ずい分勝手な坊主だが、ともあれ首尾よく運べそうなので、左京は安堵《あんど》した様子である。

「叔父上に力添えいただけるのであれば心強い。どうかよろしくお願いいたします」

「安心するのはまだ早い。大変なのはこれからだ。まだまだ足りないことばかりだ。物事を成就するためのお膳立てというか、きっかけとしては悪くない。その程度に心得ろ」

「それはこちらも心得ておりますが、さしあたりの問題は……」

「まず、ご落胤の生い立ちからしてよくない。いずれ江戸表に出て願い出れば、老中のお調べがある。そこで、紀州の片田舎の平沢村の生まれで、感応院の弟子法沢ではまずい。俺にいい考えがある。この寺に天一という小僧がいる。佐渡国相川郡小島村で浄覚寺の先代住職が元気だった時分、諸国を回っていた巡礼の女が子供を背負って浄覚寺にやって来たが、急に病気で死んでしまった。母親をねんごろに葬ってやり、子は里にやって育てたのだが、この子は素性がよい。どうも父は相当に高位の者のようだが書き物などはない。乳離れする頃に引き取ったが、こんな因果な子供には出家させるしかないので天一坊と名づけ、先代が死んだあと俺が引き受けてここに連れてきたのだ」

聞けば、法沢と同じ年頃である。やはり利発で、近所の評判も悪くない。寺の世話になってからの育ちも似ている。一つ違うのは、生まれがよさそうだということだ。

「すると、その小坊主に法沢が、いや法沢様が……」

と左京が小声でほのめかすと、ためらうことなく天忠が、

「そういうことだ」

と答えた。

「早速ですが、その天一に会ってみたいものですが」

と左京が頼むと天忠は番僧に声をかけ、天一を呼ぶよう申しつけた。しばらくして天一がやって来ると、天忠は客のために茶の仕度をするように伝えた。天一の後ろ姿を見ながら、左京も大膳もこれならいけると心の中で請け合った。大膳が感心して言った。

「それなりの衣装を着せてしまえば何とかなる」

「その前に面倒なことがある。佐渡の浄覚寺で先代の住職が生きていた頃から働いている金次郎と伊兵衛という爺がおり、天一の幼い頃のことや里にやった先も知っている。この二

人も佐渡から美濃に連れてきた。彼らがいたのでは、この先いろいろとまずいことになる」

「いずれ始末しなければならないな。それも早いほうがいい」

大膳が言うと、天忠はさらにこう続けた。

「しばらくここに泊まってくれ。この先に地獄谷という深い谷がある。明日そこを見物したいと申し出るがいい。来客がせっかくそう望むのだから、二人で案内してくれと俺が金次郎と伊兵衛に申しつけよう。あとのことは左京と大膳に任せる」

「天一のほうはどうする。また、それから先のことは……」

「天一は俺が何とかしよう。金次郎と伊兵衛のほかにも、この寺にかかわりのある者がいるが、それについてはうまく欺《あざむ》こう」

天忠がその大筋を説明すると、一同はうなずいた。そこに天一が茶の用意をして来た。

「どうぞ、ごゆっくりとお過ごしください」

そう言うと、すぐに天一は下がった。それにしても二人はよく似ている。紀州の平沢村を出る頃からいろいろと悪事を働いてきたので、法沢にはそれなりの悪相が漂っている。それをなくして品よく振る舞えば、天一と法沢は兄弟のように見える。

「よくよく聞けば、あの天一も俺と似たような身の上だ。俺が天一に成り代わるのは何でもないが、何とも気の毒なものよ」

　柄にもなく、そうもらした法沢だが天忠は、

「なに、このまま生きていてもこの寺に埋もれるくらいのことで、ほかに何の用にも立たないやつだ。しかし、天一の名前も生まれも、ちゃんと生かしてやろうと言うのだ。それに、これまで面倒を見てきてやったのだから、じつにありがたいことではないか」

と決めつけた。

（四）ご落胤天一坊の旗揚げ準備

1　ご落胤の御座所

翌朝、天忠坊日真が金次郎と伊兵衛を呼んで言った。

「お前たち、昨日お出になったお客さんたちが地獄谷を見たいとおっしゃるのだが、案内してあげてはくれないか」

「かしこまりました」

ということで、二人は左京と大膳を案内することになった。寺を出て裏山続きに一里半ほど行くと、地獄谷の入り口となる。その先の険しい道を登って地獄谷に着くと、大膳と左京はいとも簡単に仕事を終えて常楽院に戻った。

「用事を済ませて、ただ今もどりました」

「おお、そうか。今しがた、俺も天一を片づけたところだ。さて、左京に大膳、これからが少し面倒だ。こんな辺鄙《へんぴ》なところだが、法沢を天一にして、天一をご落胤に仕立て上げるための仕掛けづくりをする。まず、ご落胤の御座所《ござしょ》をこしらえなければならない」

天忠は左京、大膳に指示して別間をすっかり片付け、俄《にわ》か造《づく》りの御座《ござ》をしつらえ、御簾《みす》を垂《た》らして一見立派なご落胤の御座所を完成させた。


ある日、村内の信徒総代の金兵衛、弥兵衛、善衛門などが常楽院にやって来た。用向きを天忠が尋ねると、金兵衛が答えた。

「以前から話がありました本堂の修復の件で参りました。昨年から仕度に取りかかり、あらかじめ集金も行っておりますが、ようやく普請を始められる目途《めど》が立ちましたので、来月から作業に入りたいと思います」

「そうであったか。せっかくだが金兵衛さん、しばらく見合わせてはもらえないか。いや、まことに申し訳ない。この寺もだいぶ傷んできており、住職の働きが悪いようで檀家に面目がないので本堂の修繕を頼んでおきながら、急な用事ができてしまったのだ」

「いったい、どうしたのでございますか」

「じつは、よんどころない事情があり、ことによると拙僧も江戸表に参らねばならぬかもしれない。いろいろとありましてな。どこからお話ししてよいものやら……」

「ところで、ここ数日、金次郎さんと伊兵衛さんの姿が見えませんが」

「いや、そのことは聞いてくださるな。そのことも困ったものなのです。どうか、このことは他言なさらぬように願いたい。当寺と縁が深いみなさんだから内密にお話しますが、どうも人は見かけによらぬものだ。正直者だと思っていたのだが……見損なっていた」

「二人が何か悪さでもしたのですか」

「それが……手許の金を持っていってしまってな。どこへ姿をくらましたのかわからんが、こんな書面を残してな。まあ、これをご覧くだされ」

困惑した顔で天忠坊日真は手箱から書状を取り出し、金兵衛に渡した。それは、天忠が勝手に記した偽物の書状である。以前から金次郎の筆跡を心得ているので、小器用な天忠が金次郎の筆跡を真似て練習し、こんな時のために用意したもので、金次郎と伊兵衛の二人の名義となっている。金兵衛は手紙を読み上げた。

「……まことに申し訳ありませんが、少々見込みのある商売があり、二人で大坂に出て商売したいと思います。つきましては当方、金の蓄えが少ないので百両の金を借用いたします。いずれ商売が成功すれば、帰国してご返済申し上げます……常楽院御前様。これは、とんでもないことですね。では、あの二人は御前様の金を百両も盗んでいったのですか」

「まあ、盗んだというと事が大袈裟《おおげさ》になる。昔から知っている者たちでもあり、なるべく穏便《おんびん》に済ませたい。何か理由があるのだろうが、証文を残していったところを見れば、借りたつもりなのだろう。お上《かみ》に訴えて彼らを取り押さえてもらっても、どうも日蓮様に対して申し訳が立たない。なくなった金など最初からないものと思えばよい。人には話さないつもりでいましたが、ご理解いただけないと思って、つい口に出してしまいました」

2　天一さんは吉宗様のご落胤です

金兵衛たちはこの話を真《ま》に受け、金次郎と伊兵衛を悪党と決めつけた。人のよい慈悲深い御前様だからそれで済んだが、本来ならお上に申し上げて召し捕ってもらうところだ。しかし、御前様がそこまでおっしゃるのだから、自分たちも事を荒立てないようにしようと申し合わせた。

「そういえば、あの二人だけでなく天一さんの姿も見えませんね。どうしましたか」

「シーッ！」

天忠は首をすくめながら目をむき出しにして、人差し指を口の前で立てた。

「えっ、御前様、天一さんがどうかしたのかね」

「どうかしたのかという、そういう軽率な口の利き方がよろしくない。じつは、あのお方は八代将軍吉宗様のご落胤だったのです。お若い頃、源六郎様とおっしゃっていた時、学問のご修行中に腰元の沢の井という女とお戯れになり、沢の井は懐妊。生まれるのが男子であれば、成長ののち申し出よと若殿は申されたのです。沢の井はその子、つまり天一坊様を抱いて諸国を修行された。それがたまたま拙僧が留まっていた佐渡国相川郡の浄覚寺に来られて、寒気に当たったものか、ついに亡くなってしまわれた。

亡くなる前に沢の井は、この子は将軍様のご落胤であると言い、子供が成長して願い出る時の証拠にと、源六郎様から渡された葵のご紋の入った短刀とお墨付きの書状を示されたのです。沢の井が亡くなったあと、先代の住職がのちのことを引き受けられたが、天一様が成長されるまでは周囲の目もあり、表向きにするのはよろしくないと考え、私にだけ内密に真実を話されたので、先代が亡くなったあとも私が養育することにしたのです。

将軍様のご落胤ということは、ことによれば九代目の将軍様になるかもしれないお方です。世の中のことも勉強していただかなければならないということもあって、この常楽院に参って拙僧のもとでご修行されておられるわけですが、天一様ももうお年頃になられましたので先頃、江戸表に以上の旨をご報告申し上げたところ、早速参るようにとのご沙汰がありました。そこで数日前、天一様に真実をお伝えしたということなのです。

将軍様と親子のご対面が済めば、すぐに西の丸に入られることになるでしょう。そうなれば、あなた方も懇意にされていたから、何らかの恩賞が下されるかもしれません。それをお待ちなされ。だから、あなた方にも天一様をもっと敬っていただかなければなりません。ここで話したことは、くれぐれも時期が来るまで他言しないようお願いしますよ」

「何ともそれは喜ばしいことで。これまで天一さんを、いや天一様をただの小僧と思っておりましたが、ずい分と失礼申し上げました。恐れ多いことです。なるほど、それで江戸表に参る用事ができたというわけで……」

「そうでございます。ですから、本堂の修繕のこともあるのですが、少し延期してもらえると助かります」

「そういうことならしかたがない」

と言って、金兵衛が弥兵衛と善衛門に向き直ると、他の二人も納得した。

「では、本堂の修繕は少し待つことにして、檀家の者たちには手前どもからもうまく伝えましょう。ところで、話をうかがったばかりで早速こんなことを申し上げるのも何ですが、天一様にお目にかかれませんでしょうか。ご尊顔を仰ぎたく存じますが」

「それは拙僧の一存では決めかねるが、あなた方がそこまでおっしゃるのであれば、いまお願い申し上げてみましょう。お許しがあれば拙僧がご案内いたします」

そう言って天忠が奥に入って行くと、すでに天一様の御座所ができあがっている。天忠は左京、大膳と相談し、法沢から天一に改名したばかりのご落胤様にもその旨伝えた。正面に一段高いところをこしらえてあり、そこに天一様が着座し、御簾《みす》を下ろして訪問者と対面する段取りである。衣服は三人相談のうえでこしらえたものだ。白綸子《しろりんす》のお召物の上に墨染めの法衣をまとい、水晶の念珠を爪繰《つまぐ》り、きらびやかな敷物の上に座る姿は、誰が見ても高貴な雰囲気を漂わせている。

3　天忠坊の巧みな説明

天忠は金兵衛たちのもとに戻り、微笑みながらこう伝えた。

「いま申し上げたところ、村内の者、それも拙僧とごく懇意の者であれば、お目通りを許されるとのこと。さあ、お入りなされ」

「本当にありがとうございます」

天忠に導かれて金兵衛ら三人が御座所に上がると、みな息を飲んだ。何ということか。天一坊様は御簾でお顔を隠されて着座され、その前には裃《かみしも》を着た二人の立派な侍が大小を差し、やはり着座して控えている。天忠がそこに手をついて言上する。

「申し上げます。当山の信徒総代三名の者がお目通り願いましたが、お許しいただき、まことにありがたく幸せに存じます。ただ今、これへ召し連れてございます」

すると御簾が少し上がった。すべて上げてしまうと顔が見えてしまうので、七分ほど上げて顎のあたりだけ見えるようにしている。そこで、天一坊はおもむろに口を開いた。

「総代の者、その方ら、これまでいろいろと手数をかけ煩わせた。いよいよ予も江戸表に下向《げこう》いたすことに相成《あいな》った。父上にお目通りののちは必ずその方らに恩賞の沙汰が下されるよう願い上げる。さよう心得、その時を待つようにいたせ」

そう語り終える間もなく、控えにいた二人の侍が咳払《せきばら》いをした。天一様にはそれ以上お話しにならないようにとの合図である。三人の総代はこの様子に驚いて、思わず頭を下げた。左京、大膳らが扮した二人の侍が大きな声で申し伝えた。

「ご落胤様お目通りの相済んだうえは、一同の者、引き取るように」

三人はそそくさと次の間に移り、部屋に入るや金兵衛が言った。

「どうも御前様、たまげましたな。ついこの間までの天一さん、いや天一様とは思えない。本当に将軍様のご落胤でございますか」

「天一様が偽りのご落胤であるというのですか」

「いや、そうじゃありませんが、あんまり立派に変わられてしまったもので……お声も今までとは少し違う。ちょっと、太いお声になられたようで」

「太いという言い方も考え物だが、まあ拙僧が真実をお伝えしたあと、ご本人にもお考えを新たにしていただくために、当座の御座所などをしつらえたわけです。ご本人もいろいろと思うところがおありのようで、それなりの態度を身につけるようにされているのでしょう。拙僧は毎日お顔を拝見しているのであまり気づかなかったが、しかし、そう言われてみると、確かにお声にも威厳が感じられるようになりました」

「ところで、恩賞を下されるというのはまことにありがたいお話しですが、いただいてばかりでは申し訳がございません。つきましてはご一行様が江戸表に下向される時に、私どもが道中の賄《まかな》いなどをいたしまして、お供させていただければと存じますが」

金兵衛としては江戸見物がてら同行して、あわよくば、さらに恩賞が増やされるようにという腹積りである。しかし、これも天忠がうまくさばいた。

「それはご奇特なことで、ありがたいお申し出でございます。しかし、それではあなた方も出立の準備その他で周りの者への説明が必要になるでしょう。そうなると、村内の者がみな天一様にお目通りを願いに来るでしょう。今回は急なことで手前どもも準備に忙しく、応対している間もございません。できれば、おめでたいお話しですから、みなさんのご要望にお答えしたいのですが、大勢のお目通りになりますと天一様を煩わせることにもなります。しかし、いずれこのことは皆さんにも知れることになるでしょうな。うーん、難しい……いや、考えてみれば他にもお世話になり、何かとお力添えいただいている檀家衆もおられる。近在でこの村とかかわりのあるお方もおられる。その方々に対して不公平があってもいけない。私たち一行が出たあとで、あなた方に取り成していただくのも申し訳ない。そこで、この村の有力な方々に対して、できるだけ大仰《おおぎょう》にならないように今回のことを内々にお伝えいただくとしましょう。大勢でなければ、ご落胤様のお目通りも許されましょう。また道中何かと入用ですから、餞別やお志などがあればありがたくお受けしたい。ご無理はなさらぬように。これもひとえに村のためです。ご理解いただきたい」

「はあ。まあ、そういうことでしたらしかたがありません。とりあえず檀家衆には、それとなく私たちから伝えましょう」

金兵衛は引き下がらざるを得なかった。天忠が一番気がかりなのは、地元の者たちの目である。この先、たびたび村の者が天一と顔を合わせることになれば、いずれ真相がばれる。法沢と天一がどれほど似ているとはいえ、よくよく見れば、顔つきの違いに気づくはずである。絶対にそんなことがあってはならない。

しかし金は、あればあるほどよい。金兵衛らは人に話さずにはおけないだろうから、金を持った者たちに限ってお目通りを許しながら餞別をいただけばよい。金額に応じたご利益があるに違いないと考え、小金をもった者は相応の餞別をくれるに違いない。

こうして事の初めに間違いを犯さないように、地元では極力おとなしく目立たないように振舞いながら金を集め、旗揚げは他の場所でやればよいと、天忠は考えた。この日から、人を忍ぶようにしてやって来る村人の姿がたびたび見られた。

4　切れ者・山内伊賀之亮

数日後、一人の侍が常楽院を訪れた。黒木綿の紋付に汚れた白縞の袴姿。藁草履《わらぞうり》をはいてすりきれた笠をかぶり、大小の拵《こしら》えも傷だらけである。髭面《ひげづら》で五十はとうにすぎている。玄関の戸を開けるなり、

「日真さんはおられるか……ご住職、参ったぞ」

と大声で呼びながら、番僧が取り次ぐ間もなく勝手にずかずかと上がり込んできた。天忠は金襴の帽子をいただき、緋の法衣を着て水晶の念珠を爪繰《つまぐ》り、本堂に入るところを呼び声に気づいて玄関に戻り、侍を出迎えた。天忠が呼んだ浪人者で山内伊賀之亮《いがのすけ》という。

「これはこれは。先生、ようこそお出でくださいました。久しぶりでございます」

「しかし、また今回はご大層なことですな」

「はい。こういった仕事ですから、やはり先生のお力添えをいただきませんと」

事の次第は差しさわりのない範囲で、おおかた手紙で山内に知らせていた。本堂に入ると、七面大菩薩などは隅にやられ、これから必要な紫の三つ葉葵の紋が染められた幕をはじめ鉄砲、槍、弓などが所狭しと置かれている。

「いや、立派なものだ。日真さん、せっかくのヤマが首尾よく当たればよいが、物事はそううまくは運ばんものだぞ。どんな山師の主役がいるのか知らんが、まず狂言作者や役者、大道具小道具や衣装など、いろいろなものを用立てなければ、面白い狂言はできないな」

「何と。先生、お言葉ではございますが、ヤマだの狂言だのとおっしゃっては、この日真はなはだ残念に存じます。当山の天一は当代将軍のご落胤に相違なく、証拠の短刀とお墨付きの書状の二品もお預かりしてございます」

「ともかく、その証拠の品を拝見したいものだが」

「かしこまりました。しばらくお待ちください」

天忠は左京、大膳らが控えている隠れ座敷に入ると、正面には天一、その脇には左京と大膳があぐらをかいて酒を飲んでいる。天忠は情けなく思った。

「お前たち、そう行儀が悪くてはいずれバレてしまうぞ。いざという場合を考えて一応の行儀をわきまえなさい。ところで、お前たちには知らせなかったが、馴染みの侍を呼んだ」

「私たち二人のほかに浪人も入れようと言うのですか。もともと私たちが持ってきた話ですぞ。無用な争いなどしたくはない」

「まあ、そう言うな。このお方は私の学問の師匠であり、私より二十歳ほども若いが、何一つ知らないことがない。もと九条家におられた山内伊賀之亮様だが、これからいろいろと知恵を借りなければならない。さしあたり本当のことは伏せてあるが、頭のよいお方だから、へたをすると事実が露見《ろけん》する。証拠の品を見せて信じさせようと思っている」

「なるほど。それならこれからの長い道中、ことによれば同行になるかもしれない。いっそのこと、ご落胤と対面させてはどうでしょうか」

「うん。本人が気づかなければ、それで問題はない。気づいた場合は、逆に知恵を借りることができるだろう。いずれにしてもこちらに引き込んでしまえばよい。さらに役者も必要だ」

5　伊賀之亮と天一坊の対面

天一、左京、大膳の三名は御座所《ござしょ》に移り、天忠は伊賀之亮をそこに案内することにした。

「ただいま天一坊様に申し上げましたところ、お目通りをお許しに相成りました。これからご案内申し上げます」

案内に従って、汚れた姿を気にすることもなく御座所に入ると、正面に御簾《みす》が下ろされている。その前の両脇には左京と大膳が裃を着て控えている。伊賀之亮がそこに着座すると、常楽院天忠坊日真はうやうやしく、厳かに申し上げた。

「恐れながら申し上げます。これへ控えましたる者、もと九条家に仕えており、現在は浪人の山内伊賀之亮と申します。天一坊様にお目通り願いたいとのことで、天忠、同道つかまつりました。お目通り、お言葉をいただけますれば、ありがたき幸せに存じます」

天忠が法衣の袖を合わせて申し上げると、天一の前に下がっていた御簾がすーっと七分ほどまで上がった。天一の胸のあたりまでが見え、金襴の敷物の上に着座している。座敷に入るまでは無礼な浪人と思われた山内伊賀之亮も、天一様のご威光に敬服してか頭を下げたままである。まずはいい塩梅《あんばい》だと左京、大膳の二人は心中ほくそえんだ。ややあり、天一が声を作って言葉を垂《た》れた。

「伊賀、今日より予に仕えると申すか。苦しゅうない。盃を取らせる」

すると左京が進み出て、言葉を添えた。

「伊賀之亮殿、将軍様ご落胤、天一坊様のお言葉、盃をくださるとのことでございます」

「はっはっはっはっは。やはり……」

左京が言い終わるが早いか、伊賀之亮が高笑いした。四人が呆気《あっけ》にとられていると、伊賀之亮がさらに続けた。

「こんなことだろうと思った。日真さん、あんたには何度も意見しているが、段々と悪ふざけもひどくなった。意見するたびに必ず改心すると言いながら、またこんな偽者を仕立てたのか。はっはっは。お粗末にもほどがあるぞ。あんたには常楽院の三十五石の寺領があり、そのままここにおれば何不自由ないはずだ。それを急に江戸表に下向《げこう》して、あわよくば芝三縁山《さんえんざん》増上寺か、上野東叡山《とうえいざん》寛永寺のような大きな寺に収まろうというつもりか。

それから小僧、この伊賀之亮を奉公させるだの、盃を取らせるだの、そんな口上で人を欺くのは無理だ。まるで狐に袴を着せたようだぞ。愚か者なら金子《きんす》を献上して、のちに大した身分になれると欲に目がくらみ、道中お供をしたいなどと申すだろう。しかし、この伊賀之亮を欺くことはできぬ。それで天下の器に手を伸ばそうなどとは、身のほど知らずの山師め。こんなところにおれば、拙者の身も汚れるわ。まったく馬鹿なやつらだ」

そのまま伊賀之亮は座を立とうとした。しかし、そこまで言われて黙ってはいられない。左京と大膳は互いに顔を見合わせて刀の柄に手をかけた。それを山内が制した。

「騒ぐな！　一目で偽者と見抜かれ愚弄されたからといって、そういきり立つものではない。そんなことでは最初から成功はおぼつかない。だいたいその方らが考えそうなことはわかる。そう悟られない策を考えることが大切だ。それに拙者、その方らより年はとっているが、その方らの田舎剣法などものともしないぞ。小僧、知恵を借りたいのであれば、そこから下りて、まことに恐れ入りました、お指図お願い申し上げますと言えばよい。そうすれば、伊賀之亮も味方についてやらないでもない。頭を冷やせ、この馬鹿ども！」

「言わせておけば、いい気になりおって」

「待て！」

大膳が白刃を抜きかけると、天一が制して大膳を引きとめた。

「先生、どうぞ、しばらくお待ちください。ご活眼《かつがん》、恐れ入りました。いかにも手前は偽者で、もとより将軍家のご落胤などと申すのは無理なこと。しかし、この長い浮世に短い命。細く長く生きるよりは、太く短く生きてやろうというのが正直なところです。たまたま証拠の二品が手に入ったからここまでは来ましたが、これから先はちょっと面倒だとの仰せ。まことに恐れ入ります。どうか、万事お指図を願いたく存じます」

「年はいかないが、なかなか感心なやつだ。では、その証拠とやらを拝見するとしよう」

「この二品だけは本物でございます。左京、箱をこれへ」

と天一は左京を促して証拠が入った箱を持って来させた。

6　役者が揃う

梨子地高蒔絵《なしじたかまきえ》の箱を開けて、短刀とお墨付きの書状を取り出して前置きした。

「これだけではわかりますまい。手前はもともと紀州名草郡平沢村の感応院という修験者の弟子で法沢と申します。ふだんから出入りしていた婆さんの家で……」

天一は証拠の二品を手に入れたいきさつから左京、大膳や天忠との出会いに至るまで包み隠さず語った。こうなると左京、大膳、そして天忠も流れに逆らうことはできない。とりあえず天一は、うやうやしく二つの証拠品を伊賀之亮に手渡した。伊賀之亮はしげしげと眺め、しばらく押し黙っていたが、やがて口を開いた。

「ご紋散らしの漆など、見たところ見事な出来で一流のものだろう。鋼《はがね》の鍛えも見事である。書状も直筆《じきひつ》に違いない。念のために中子《なかご》を改めるぞ」

そう断って、伊賀之亮は器用に柄の目抜きを外し、笄《こうがい》で目釘《めくぎ》を押し出した。そして鞘に収めたまま切っ先を上にして柄を握り、手首をポンとたたいた。さらに逆さにして鞘を持ち柄を抜くと、中子に刻まれた銘があらわれた。山内は刀についても目利きである。

「備前兼光。短刀とはいえ業物《わざもの》、これは本物だ。これだけの証拠があれば、まず十中八九うまく運べるかもしれない。それにしても、惚れ惚れするほどの出来栄えだ」

「ありがとうございます。どうか、これからもご指導のほどよろしく」

天一は深々と頭を下げた。不満ではあったが、左京と大膳も、やや遅れて天一に従った。

「日真さんはどうなさる。もういい年だが、ここで退くか、それとも江戸に出て行くか」

「先生、もともと拙僧が万事ととのえたことでございます。ここまで来て、どうして江戸に行かないなどということがございましょうか。村の者をはじめ近郷の金持ちを騙して集めた金で仕度をして江戸に行くには、この日真がついて行く必要がありますな」

「確かにそうだな。金を握ってもいる。天一様の育ての親ということもある」

「では、それぞれの者の素性、これまでのいきさつなど、万事抜かりなく話を固めたところで江戸に下向し、将軍様と親子のご対面としたい」

「ははは。だからいかんのだ。今すぐに江戸に行くなど、まったくもって無謀である。まず、大坂にでも出るほうがよい」

「大坂に出て、いったい何をするとおっしゃるのですか」

「大坂城代の土岐丹後守を恐れ入らせるとしよう。それから京都に上《のぼ》り、所司代を驚かせ、適当に作法なども天一坊に身につけさせ、それからゆっくりと江戸に下ればよい」

「船の都合をつけて江戸表に参ったほうが早いのでは。道中の面倒もございません」

「まったくわかっておらんな。江戸表には徳川八代将軍以下、老中、若年寄にも利口者が大勢いてほとんどの者は心配いらぬが、南町奉行の大岡越前守という知恵者がいる。伊勢山田奉行の頃からの切れ者だ。いきなり江戸表に赴けば、町奉行から一通りの調べを受けなければならん。その時に越前守に調べられたら江戸に出た甲斐もない。すぐに御用となり、我われはお縄となって、末は鈴ヶ守の刑場行きというのがいいところだ。

だから町奉行の手がかからないようにして、江戸に出たらまず老中と会うように仕組んでおいて、一日も早く我が子に会いたいと将軍が仰せになるように仕向けなければならない。

それには相当の日にちが必要なのだ。大坂城代、京都所司代をたぶらかして本当に将軍様のご落胤であると認めさせてしまえば、将軍の取り巻きの者たちへの通りもよい」

じつにもっともな話である。ここまで説明されると、誰も反対できない。伊賀之亮は天一の口の利き方や演技についても釘を刺した。

「天一は、なるほどこれは将軍様のご落胤に違いないと思わせるようにやらなければならない。もう一度やり直せ。拙者がもとのところに座ってお辞儀をするから、お前の考えで、こうやったら将軍のお胤に見えるだろうと思われるようにやってみろ」

天一は素直に承知して再び御簾《みす》の中に入り、金襴の敷物の上に着座した。左京、大膳、天忠の三名は頭を下げて控えている。座の中央では伊賀之亮が両手をついて頭を下げている。おもむろに御簾が上がった。すると天忠が取り次いだ。

「恐れながらこれへまかり出ました者、山内伊賀之亮にございます。お目通り仰せつけられ、ありがたき幸せに存じます」

伊賀之亮が少し頭を上げた。

「将軍ご落胤様にはお目通り仰せつけられ、伊賀之亮にとりましては大慶至極に存じ奉ります」

「伊賀、そちも無事で、予も喜ばしく思う」

「うん、前よりはだいぶいい。余裕が感じられてそれらしく見える。その呼吸で演技に磨きをかけることだ。この先のことは拙者が稽古をつける。大膳、左京もあまり強がって見せてはいけない。これからは正直に見せることが大切だ。見識で人を押さえようとすると、底の浅さが見えてすぐにばれてしまう。たとえ作り事でも、徳で人を引き入れるほうが効果的だ。だから、できるだけ物言いは柔らかくしたい。大膳は少し脅しを利かせるぐらいでもいい。大膳が怒ったら、左京がそれをなだめるような役どころにしておこう」

それからというもの、細部をおろそかにしない伊賀之亮の演技指導が続いた。主役、陰の主役、おもな脇役も決まったところで、さらに伊賀之亮はこう提案した。

「さあて、おおかたの役どころも決まった。ひとまず一杯やろうではないか」

（五）大坂の拠点——徳川天一坊様御旅館

1　名主の家を大改造

檀家たちの天一坊へのお目通りにより金も適当に集まったが、大坂で旗揚げするには人が足りない。行列や警護その他、一行の周辺を固める役割も必要だ。これらの者にはご落胤の存在を信じ込ませて真面目に働いてもらわなければならない。天忠は村の顔役に働きかけて、使えそうな者を数人集めた。

まず、山内伊賀之亮がこれらの者を引き連れて先に大坂に出向き、拠点となる家の手配など下準備をととのえることにした。大坂心斎橋筋備後町に松屋という宿があった。伊賀之亮はここで景気よく飲み食いしたあと、そこの亭主を呼び出して、こう相談を持ちかけた。

「拙者はある大切な方に奉公している者だが、そのお方をお連れするにあたり、美濃国長洞の常楽院と申す者が当地に参って二ヵ月ほどご滞在することになる。この宿でとも思ったが、一行の人数が四、五十人になるかもしれないから、ここでは手狭《てぜま》になるだろうし、騒がせてかえって迷惑をかけるのも申し訳ない。そこでだが、当地では付け貸しとか申して家を貸すところがあると聞いている。その方にも礼をする。どこか心当たりはないか」

亭主は平野町に紅屋庄右衛門という家があると答えた。元は名主の家で門構えがあって広いという。庄右衛門が住んでいるが昔よりも家内の人数も減っており、百人でも泊まれるのではないかとのことだった。

さっそく伊賀之亮は亭主に案内されて紅屋庄右衛門方に行くと、もとは繁盛した家だが、今では稼業をしておらず、なかなか立派な家で庭なども広い。伊賀之亮は気に入って庄右衛門に面会し、次のように言って五十日の約束で借り受けることにした。

「畳や諸道具などが古びているので早速、手を入れさせてもらおう。一ヵ月の家賃として三十両払う。二ヵ月分として六十両。当面その方に引き払ってもらうために四十両、合わせて百両を今ここで支払う。家の造りにも少々手を入れさせてもらうが、すべて当方で賄《まかな》う。二ヵ月たって一行が立ち退く時はそのままにして行くから、その方が戻ってこれまでのように住めばよい。それでよければ、早速取りかかりたいので職人を手配してもらいたい。三日間で終えなければならず、割普請で行いたいので相当な人数が必要だ」

庄右衛門は百両を受け取ると、慌しく動き回って職人の手配を行った。襖や障子を作り直す経師《きょうじ》職人が二十人ほどがやって来て、入れ替わり立ち替わり作業を終えた。畳屋も三十人ほどが入ってバタバタと畳替えをした。門構えなどもすっかり生まれ変わってしまった。門には黒白の段だらの幕が張られ、入り口には番所のようなものが建てられた。門を入って左手には青竹の菱垣が結われ、その中央に宿札が立てられ、継ぎ目のない檜の板には太い筆で「徳川天一坊様御旅館」と記されている。さらに玄関正面には紫地に葵のご紋を染め抜いた幕が張られ、鉄砲二十挺、槍十五筋《すじ》、突棒《つくぼう》、刺股《さすまた》までが置かれている。

2 名主の訴え

驚いたのは隣家の者である。桜屋佐七というこの周辺の地主であり、ここ二、三日、庄右衛門方が修繕で騒がしいと感じていたが、あいさつもないのでどうしたものかと思っていた矢先、作業が終わってみれば、何と隣家がまるでそれまでとは変わっている。もと名主の古い家が、何とご大層な、それも葵のご紋が入った陣屋になってしまったのだ。

佐七は慌てて庄右衛門を呼んだが、そこにはいない。近所に引き払っていると聞いて呼びに行くと、やってきた庄右衛門も仰天した。奉行が来て厳しく言われたら面倒だ。しかし、すでにできあがっており、金ももらっている。金を返して、どうにかなるものだろうか。とにかく伊賀之亮に談判することになり、庄右衛門は伊賀之亮に会いに行ったが、自分の家なのにどうも入りにくい。門前には人だかりもある。それをかき分けて玄関に入ろうとして門番の者に止められたが、用向きを伝えると、しばらく待つように言われた。

だいぶ待たされたあと、ようやく先ほどの門番とは違う取り次ぎの者があらわれ、伊賀之亮との面会が許された。控えの間には裃を着た山内伊賀之亮が差添《さしぞ》えを手挟《たばさ》んで正面に着座しており、用向きを尋ねたので、庄右衛門は物々しい自宅の変わりように苦言を呈し、金は返すので、今日中に引き払ってもらいたいと述べた。しかし、伊賀之亮が譲らないので、庄右衛門はこう出た。

「立ち退《の》いていただけないとあれば、お奉行にお伝えする以外にはありません」

「よかろう。近く町奉行もご機嫌伺いにまかり越すはず。大坂城代土岐丹後守も即刻参るであろう。届け出ることがあれば、どこへでも届け出るがよい。下がれ！」

そう言い捨てて、伊賀之亮は奥に入った。庄右衛門は飛んで帰り、その次第を佐七に話すと、いよいよお上に願い出るしかないということになった。庄右衛門と佐七は願書の仕度をして両名義で月番の西町奉行稲垣淡路守に訴えた。当時、東町奉行は井上駿河守、西町奉行は稲垣淡路守である。江戸表では南町と北町だが、大坂では東西だった。

すでに東西両奉行は、平野町の西の辻にできた徳川天一坊様御旅館という立て札を不審に思い、いずれ手入れをしなければならないと話し合っていたが、その矢先に庄右衛門、佐七両名の訴えがあったので、月番の稲垣淡路守はさっそく両名を呼び寄せた。

庄右衛門と佐七は事の次第を申し上げ、奉行からも二、三のお尋ねがあった。両名の話にはとくに変わったところもないので、その後、稲垣淡路守は井上駿河守と協議したが、奉行としてもみだりに一行を取り押さえることはできない。葵のご紋の幕を張って徳川天一坊という立て札を立てており、万一、本当に将軍のご落胤であれば大問題になる。しかし山師《やまし》の仕業《しわざ》で偽のご落胤となれば捨て置けず、奉行の面子《めんつ》にかかわることである。

月番の稲垣淡路守に、井上駿河守が助言した。

「大変ご苦労なこととは思うが、ともあれ、その天一坊と申す者を吟味いたさねばならぬ。十中八九、偽者に相違ない。とすれば、一人でも取り逃がすことがあってはならぬ。十分に手配りいたし、その後、天一坊と申す者を取り調べられるがよかろう」

「拙者も同様に心得てはいるが、聞きおよんでいるような次第であるから、型どおりに呼び出しても奉行所には参るまい。こちらから踏み込んで、みだりに縄をかけるようなことでは、万一の時に一大事を引き起こす。どうしたものだろうか」

この場で脇に控えていた、天満与力筆頭の近藤嘉十郎が進み出て申し上げた。

「申し上げます。手前の考えでは、まず天一坊旅館になっております紅屋庄右衛門方の周囲を厳重に手配して一人も逃《のが》さぬようにしたうえで、手前が出向いて天一坊と面会し、場合により赤川某、藤井某、山内某にも会って先方の挙動を一通り確かめます。それで怪しければ踏み込んで一人残らず召し捕るようにいたします。万が一、将軍ご落胤ということがあれば、いったん引き取りましてご報告申し上げるようにいたします」

稲垣淡路守がうなずき、早速その仕度をするように命じると、嘉十郎は配下の者を見立て、同心や手先など大坂でも指折りの者をそろえて乗り込むことにした。同心十人、その配下に三十五人の者を天一坊旅館の周囲に手配した。

3　町奉行所役人の訪問

その日のうちに、嘉十郎は四人の者を連れて平野町西の辻にやって来たが、往来は大勢の人だかりである。嘉十郎が先頭に立って門内に入ろうとすると、門番に止められた。嘉十郎が役職を言い、天一坊を取り調べる目的を伝えると、門番は重役に相談したのちに返答すると大変な剣幕で奥に入った。しばらくして門番が戻り、面会を許すことを伝えた。が、通されたのは正面玄関ではなく内玄関である。中に上がることさえ許されない。五人は非常に怒ったが、しばらくすると伊賀之亮が両脇に若侍を従えてあらわれた。

「それがしは天一殿のお守役、伊賀之亮でござる。その方ら、いかなる者か」

「西町奉行稲垣淡路守手付き天満与力筆頭近藤嘉十郎でござる。これに召し連れたのは同心今井惣兵衛、松本三七郎である」

「不浄役人、何用か」

嘉十郎の怒りも頂点に達したが、抑えて言った。

「当家の持ち主紅屋庄右衛門、隣家の桜屋佐七より訴えがあり、常楽院と申す出家が大坂表に参り、二ヵ月の間滞在いたす約束で貸し与えたところ、にわかに葵のご紋の幕などを打ち回し仰々しい有様。これを捨て置くわけには参らん。天一坊の身の上を取り調べる」

「控えろ！　その方らが天一坊様の身の上を取り調べるなどという申し入れはならん。身分のある者が参ってお伺い申すとあれば、速やかに答え聞かせる。帰って稲垣淡路守に申し入れ、近日ご機嫌伺いに参るよう伝えよ。東町奉行の井上駿河守も同道いたすように」

そう言ったまま、伊賀之亮は奥へ戻ってしまった。

合図しだいで踏み込む手はずまで整えていたが、それどころの話ではない。一同の者は奉行所に戻って一部始終を井上駿河守、稲垣淡路守に申し上げた。両奉行ともに驚き、天一らを奉行所に呼び立てても来るはずはないと判断した。そこで井上駿河守が大坂城代に伺って指示を受けようと提案したところ、稲垣淡路守も同意して、両奉行がそろって大坂城代の屋敷に願い出ることにした。当時、大坂城代は上州利根郡沼田三万石土岐丹後守である。両奉行が事の次第を申し上げると、丹後守はこう請け合った。

「よろしい。たとえ偽者であるとしても、徳川天一坊と名乗るからには所詮、町奉行を相手にするつもりはなかろう。この丹後が大坂城に呼んで一通り取り調べるとしよう。両人もそのように心得、一同の者を取り逃がすことがないよう十分に警戒いたせ」

それで、両奉行も肩の荷が下りた。

天一坊様御旅館は大坂名所のようになり、周辺では日ごとに人だかりが増えていた。一行は、表沙汰にすることなく、周辺にやって来る者の中から見どころのありそうな者を勧誘し、配下に引き入れていた。

美濃国長洞村を出る際、天一の顔を知らない者で近在に住む者については、とくに一行に従いたいという要望があれば同行を許すことにした。すでに五、六十人ほどの者が加わり、京都、江戸に向かう道中の役回りなどが決まりつつあった。

4　大坂城代からの呼び出し

大坂城代土岐丹後守の家来来島平左衛門が、天一坊取り調べの沙汰を伝えるため徳川天一坊様御旅館にやって来て、明日辰の刻、城代土岐丹後守の屋敷まで参るよう伝えた。

「大坂城代とあれば、将軍家ご大名の大切な役柄。ご自身で天一坊様の御身の上を承りたいとのことであれば、明日その刻限にまかり越しつかまつります」

山内伊賀之亮が応対した。伊賀之亮が読んだ通りの筋書きである。町奉行が取り調べているうちは何をするかわからず、事細かに周辺調査されるので、どこでボロが出ないとも限らない。しかし、調べが城代の手に移ってしまえば、天一坊の身の上などに調べの範囲が狭まるので、かえってやりやすい。言葉遣いや作法などの応対については、伊賀之亮は十分に心得ているが、念のため伊賀之亮がみなに注意を与えた。

「城代の土岐丹後守を押さえてしまえば、あとは、若年寄や御老中が調べるだろうが問題ない。大坂城代のあと京都所司代を落とすのはたやすいことだ。この調子でいけば江戸表には出られるだろう。しかし、明日は難しい日だから十分に注意しろ。打ち合わせどおり供の先頭は大膳だ。到着したら天一坊様付き先供赤川大膳という見識をもって、無駄口を利かず物怖じしないように。いつでも泰然としていろ。天一も、あまり口を利いてはいかん。お前は主役だ。ご本尊というのは、ただ黙っていればよい。

明日は役者総出だ。細かなことについて土岐丹後守から尋ねがあれば、臨機応変にこの伊賀之亮が返答するから安心しろ。土岐丹後守は大坂城代を務めるだけあり、大変なやり手だ。万一、事が露見した時の覚悟も必要だ。幕府の下っ端の者は、何かの間違いで旗本にでもなりたいと思うやつばかりだが、我われは、うまくすれば大名、日真は上野の大僧正、天一は将軍様、この伊賀之亮は大老になり、世の中を動かしてやりたいものだ。その危ない橋を渡るのだから、万が一という時の覚悟が大事である」

大膳が口をはさんだ。

「先生、覚悟といっても、どんな覚悟を」

「こんな場合の覚悟は相場が決まっている」

「その場を逃げ出すということで……」

「馬鹿言え。すでに大坂の出口入り口、港に至るまですべて固められている。蟻一匹出られやしない。そんなことでは、とても大名なんぞになれないぞ。腹をくくってかかれ！」

と言いながら伊賀之亮は、脇に置いてあった包みを開いた。出てきたのは匕首《あいくち》である。それを四人それぞれに渡しながら、伊賀之亮が続けた。

「みなそれぞれ一本懐に納めろ。いよいよ天一坊の身の上がほころび始めたら、御用となるのを待つわけにはいかん。いいか。拙者がソレッと合図をかけたら、みな懐に手を入れて短刀を抜き、そのまま腹でもどこでも突っ込んで果てるのだ。日真や天一もその場で慌てふためかずに十分に咽を突け。俺は潔く腹をかっさばいて果てる。みなわかったな」

全員が黙ってうなずき、覚悟を決めた。さらに伊賀之亮が念を押した。

「仕損じれば自業自得でしかたがない。間違っても城代の家来や町奉行の手付きに手向かおうなどと思うな。一人や二人切ったところで逃げられはしない。そのつもりでいろ。別れの水盃のつもりで一杯やるか。まあ、いい夢でも見ることだ」

5　大坂城代土岐丹後守の思案

準備万端がととのえられ、翌朝、天一坊御一行は土岐丹後守屋敷に向かった。お先供つまり先頭の赤川大膳に続き九人の徒歩《かち》、羽織を着た八人の警護、大小を手挟《たばさ》み薙刀《なぎなた》を担いで証拠物を運ぶ役の者が従う。このあとに飴色網代蹴出《あじろけだ》しの塗り棒に担がれた輿《こし》に天一坊が乗り、前後左右に大小を手挟んだ十六名の者が警護につく。天一坊は白綾の召物と金襴の法眼袴を着て金造りの刀を差し、あたりを払うかのような威風である。少し離れて美濃国長洞村長洞山常楽院の住職天忠坊日真が、やはり天一坊の警護として付き添う。さらに藤井左京が従い、最後に裃を着て馬に乗った山内伊賀之亮がいる。総勢は二百名あまりである。

驚いたのは大坂の町人たちで、こんなことはめったにないことである。一行が城代屋敷に近づくと、

「したーにぃ、したーにぃ……」

と下座《げざ》の声がかかる。

屋敷間近になると、お先の者が一人駆けて行き、徳川天一坊様御着の由を申し入れた。

ご落胤が本物であれば、表御門を開門しなければ無礼にあたる。しかし、まだ真偽について は何もわからない。土岐丹後守がどうしたものかと思案していた時、この日の門番植村惣兵衛という者が、門の開閉は自分が判断すると申し出、土岐丹後守は彼に任せた。

惣兵衛は、とりあえず片扉を開けて待つことにした。やがて、お先供の赤川大膳が堂々と乗り込んで来たので客間に通した。続いてやって来たのは天一坊の乗った輿と数十名の従者である。藤井左京が進み出て、

「ただいま徳川天一坊様御入来に相成る。何ゆえあって開門いたさん。ご無礼である」

と、不都合を伝えると惣兵衛がやり返した。

「主人は将軍家御名代として大坂城を預かる大任を帯びておる。天一坊様のご身分を取り調べるのに、それが終わらないうちに開門することはできぬ。片扉でご通行を」

「これは意外な。ということは、徳川天一坊様のご身分について疑っておられると心得る。そのようなところに参るわけにはいかぬ」

藤井はさらに、

「還御《かんぎょ》、還御」

と大声で一行に命じた。天一坊を取り巻く一行は向きを変え引き返して行った。そのことに植村惣兵衛が詰め寄ると、一人残っていた藤井が返答した。

「天一坊様は将軍ご落胤に相違なきお方であるが、今になってこのような軽々しい扱いを受けるのでは、ここに入る必要はない。拙者、藤井左京と申す」

そう言い残して、藤井も一行のあとを追った。天一坊様御旅館に戻ると、伊賀之亮が不審に思って理由を尋ねたが、藤井はこう答えた。

「開いていたのは片扉だけでした。そこを通ったのでは、みずから偽者と認めて入るようなもの。そう考え、取り急ぎ引き返すことにしました」

左京は伊賀之亮から叱りを受けると思ったが、意外にも伊賀之亮の顔がほころんだ。

「そうだったか。左京、じつに上出来である。よくぞ還御《かんぎょ》いたした。今日はそれでよい」

伊賀之亮には思うところがあった。しかし、お先供の赤川大膳は先に城代屋敷に入ってしまっている。

土岐丹後守の屋敷では、植村惣兵衛が左京とのやり取りを報告していた。一通り聞き終えて、土岐丹後守はこう言った。

「よろしい。片扉で差し支えない。門前まで来て立ち返るとは、いよいよ怪しい」

しかし、惣兵衛はこう助言した。

「仰せではございますが、なかなかの自信と見識でございます。天一坊と申すお方はお見かけしておりませんが、意気揚々と戻りました様子。本当に当代将軍ご落胤であることも考えられますので、一応、江戸にご照会されたほうがよろしいかと存じます」

「さようか。では、先供の赤川大膳と申す者がまだ残っているようであれば、尋ねるようにいたせ。書面をもって答えるよう申しつけるがよい。その様子を見極めよ」

惣兵衛は、待たせておいた赤川大膳のもとに戻った。

「赤川殿、ご苦労である。拙者、公用人の植村惣兵衛と申す」

「拙者は赤川大膳。以後お見知りおきくださるようお願い申す」

「いや、恐れ入った。天一坊様ご一行はただ今、当城代屋敷よりご帰還と相成った」

大膳は心中穏やかではなかった。首尾よく伊賀之亮のあしらいでうまく事が運ぶと思っていた矢先、自分一人が残された。ここは、とりあえずできることをするまでである。

「そのようなことはないはずだが……どうして還御《かんぎょ》に相成りましたのか」

「御門を片扉としたことに対してご立腹のご様子。もちろん天一坊様を侮るために片扉としたのではございません。本願寺の門跡などがご入来の際も、時によっては片扉のご会釈でございます。このうえは一応、江戸表に照会いたす所存だが、ついては心得のため、天一坊様ご出生の地と今日までのことなどを承《うけたまわ》りたく、書面にてお願い申し上げる」

「承知いたしました」

植村惣兵衛はうまくいったと思い、赤川大膳もたやすいことだと思った。大膳はふだんから書き物をよくしている。伊賀之亮からもお上に向けた書状の書き方や言葉遣いなどの指導を受けていた。ひまな時には練習もしていたので、すらすらと書き上げた。

「天一坊様御出生の地、その他お尋ねの次第……佐渡国相川郡小島村において……少々長くなりましたが、よろしくお願い申し上げます」

と言って大膳が手渡すと、植村惣兵衛は一通り拝見して思った。立派なものである。このようなところでは、そう速やかに筆は執れないものである。

大膳は狐につままれたような気持ちだったが、とりあえず今日の仕事は終わったので、安心して陣営に戻った。伊賀之亮が、大膳の帰りが遅くなった理由を尋ねると、大膳は長々と書状をしたためてきたことを報告した。さらに、うまく書けたかどうかを伊賀之亮が尋ねると、大膳は自信をもって答えた。

「間違えるはずはありません。その場ですらすらと書いて渡してやりましたよ」

「それでよい。でかした、大膳。お前は書がうまいし、書いたものは証《あかし》になる。先方ではそれを、これから先の取り調べの手がかりにするだろう。江戸に照会するには、十日ほどではすまないだろう。先が明るくなってきた。今日は左京、大膳ともによい出来だ」

（六）大坂城代と老中の吟味

1　将軍吉宗――若年の頃、覚えがある……

土岐丹後守は、赤川大膳が記した天一坊の身の上書きを植村惣兵衛から受け取り、一通り目を通した。もちろん、これを江戸に送って、老中をはじめ将軍にまで確認していただかなければならない。そこで再び惣兵衛を呼び出して言った。

「大儀だが、その方、早駕籠の用意をして江戸表に赴き、将軍様にお伺いしていただくよう月番老中松平伊豆守にお願い申し上げてもらいたい。将軍様が覚えておられるとのことであれば、その通りに計らわなければならない。ともあれ年数がたっているので、万一これが偽者である時は天下の一大事である。よろしく取り計らい願いたい」

惣兵衛は承知して、その日のうちに仕度をして出立した。江戸までは百二、三十里の道のりだが、道中の困難を考えれば命がけである。八人トンボで昼夜を徹して飛ぶように走り通し、早駕籠は五日あまりで江戸に到着した。

さっそく月番老中松平伊豆守の屋敷に参ると、伊豆守も大いに驚いた。伊豆守は惣兵衛を招いて事の次第を尋ね、惣兵衛はすべてのことを話した。老中は土岐丹後守からの書面に目を通したが、自分一人で判断するわけにもいかないので、とりあえず惣兵衛を土岐丹後守の江戸屋敷に引き取らせ、照会状を持って登城し、老中部屋で酒井讃岐守、青山大蔵太夫、本田美濃守らと協議することにした。

しかし、なかなか容易なことではない。当代将軍のご落胤が二十歳をすぎて願い出たとは、どう考えても偽者としか思えない。とはいえ、お墨付きの短刀という証拠を持参しており、大坂城代土岐丹後守の屋敷に参った時の様子を聞けば、あるいは本物かもしれない。

将軍ご本人にお伺いするのが一番なので、松平伊豆守が将軍吉宗の御前に参り、恐る恐る尋ねた。

「恐れながら将軍様のお若い頃のことで、少々立ち入ったお話しではございますが、紀州平沢村の沢の井という者に、証拠物をお遣わしになられたことはございましょうか。加納将監方にご学問ご修行中のことでございますが、ご記憶でございましょうか」

するど将軍吉宗は何もおっしゃらずにお立ちになり、スッと奥に向かわれた。しかたなく伊豆守は老中部屋に戻り、他の老中たちにそのことを伝えた。そして、つけ加えた。

「手前の考えでは、たぶん覚えておられると思われる。ないならば、そのようにおっしゃるはず。あればこそ、お立ちあそばされたのであろう。このようなことを公然とお伺いするのも憚られることであり、ご内密にもう一度お伺いするとしよう」

しばらくして、再度伊豆守はお目通りを願った。将軍はすぐにお許しになり、伊豆守は御前に進み出て様子を見ながら、周囲の者に遠慮するよう申し上げ、さらに進み寄った。

「先ほどは、他の者もいるところで大変失礼いたしました。粗忽《そこつ》の段、何とぞお許しを」

「よろしい。さて申し出の件であるが、いかにも覚えがある。しかし、どうしてそのようなことを尋ねるのか。何か願い出た者でもあると申すのか」

伊豆守は土岐丹後守から送られた書面を出し、出生地が佐渡相川郡小島村の天一坊と申す名前の者がこのたびご落胤として名乗り出たことなど赤川大膳が記した内容と、土岐丹後守の伺い書を読み上げた。また証拠の品は備前兼光の短刀であると申し上げ、お墨付きの書状の文字を写したものをご覧に入れた。

「予が若年の頃、沢の井と申す者へ情をかけ、その折りに遣わした短刀と墨付きだろう。とはいえ年数を経ているので十分に取り調べ、そのうえで我が子に相違ないと定まれば、一時も早く対面いたしたい。いま、徳川九代の将軍に立つべき者がない。幸いにもその天一と申す者が実子であれば、西丸入りを申しつけたい。しかと取り調べいたすように」

はっきりとした将軍吉宗のお言葉に、松平伊豆守は驚き入って頭を下げ、さっそくそのように手配する旨申し上げた。

2　大坂城代の取り調べ

御前を退いた伊豆守が老中部屋に戻ると、他の老中たちも将軍吉宗の返事に非常に驚いた。伊豆守は、大急ぎで事の次第を土岐丹後守に申し送った。それを受け取った土岐丹後守は、次は片扉を開けてお招きするのは非常にご無礼であると心得、改めて大坂城代屋敷に天一をお招きすることにして、その翌日辰の刻にお出で願う旨申し送った。

徳川天一坊様御旅館では、主だった顔ぶれの役者たちが勇み立った。

「三割と言いたいが、まあ一、二割はよい方向に向いてきた。明日、城代屋敷に行って、両扉を開けて出迎えられて丁寧に扱われれば、すでに江戸で照会したうえで将軍は覚えがあるとおっしゃったに相違ない。さて、これから少々面倒なのは天一、お前だ。先方ではあまり口を利く必要はない。土岐丹後守に会った時だけは注意深くあいさつしろ」

と山内伊賀之亮が言い、実際のやり取りについて改めて言い含めた。

翌日、前回と同様に仰々しい隊列で天一坊一行が大坂城代屋敷に赴く。到着すると、門を八文字に開いて盛《も》り砂《すな》、打ち水がしてある。門からして丁寧に扱われており、伊賀之亮は心中、

「しめた」

と思った。案内されて広間に通ると、天一坊の着座は一段高くなっており、御簾《みす》を垂らして将軍様ご落胤としての扱いである。江戸からは丁重に対応するよう指示されており、土岐丹後守も一同を丁寧に扱い、両手をついて頭を下げてあいさつした。

「徳川天一坊様にはお目通り仰せつけられ、ありがたく幸いに存じます。お招き申し上げたところ早速ご来臨いただき、この丹後にとりましてはまことに大慶に存じ奉ります」

御簾の内にいた天一坊はこう返事した。

「丹後、これまでの苦心、察して遣わす。父上にご対面となったのちのことは含み置く」

伊賀之亮はうまく言ったとほくそえんだ。丹後守はさらに頭を下げて申し上げた。

「恐れ入り奉ります。改めてお伺いするのも恐れ入りますが、過日、赤川大膳殿よりあら

かじめ承知いたしていることでございます。天一坊様のご成長の地、また今日までの儀につきましてお聞かせいただければ、急いで江戸表へ申し届ける心底《しんてい》でございます」

「その儀は伊賀之亮に尋ねよ」

と天一が答え、伊賀之亮が進み出た。

「丹後殿。何事もお上にはご存知ないことでございます。幼年よりおそばにお付き添い申し上げた常楽院天忠と、この山内伊賀之亮が万事心得ておりますので、それがしにお尋ね預かりたい。また、お証拠を拝見されたいとあらば、ただ今ご覧に入れます」

と伊賀之亮は前置きして、天一坊の出生地やこれまでのいきさつなど、何度も説明してきた身の上について申し上げた。証拠の二品を拝見した時、土岐丹後守は飛び上がらんばかりに驚き、これまで疑っていたのは役目のうえのことであると許しを願った。

そのあと料理が差し出されると、天一坊が伊賀之亮に指示した。

「伊賀、丹後に盃を遣わせ」

「承知つかまつりました。丹後殿、恐れ入りましたことで、上より盃を下されます」

と伊賀之亮が申し上げると、土岐丹後守はさらに恐縮した。天一坊が盃を取り上げて飲んで差し出すと、藤井左京が取り次いで丹後守に差し上げた。

「丹後守殿。主従の盃、ありがたく頂戴されますよう」

将軍様ご落胤の真偽について一抹の疑いが残る土岐丹後守は、それを聞いて躊躇しないでもなかったが、思わず受けてしまった。その後、

「還御《かんぎょ》、還御――」

と触れが出され、天一坊一同は早々に旅館に戻った。土岐丹後守は一部始終をしたため、至急、江戸表に送った。松平伊豆守はその書面を見て、すぐに老中たちに伝え、さらに将軍吉宗に上申した。

天一坊について十分な取り調べはなされていないが、一応、天一坊の身の上書きと証拠の品があり、将軍も身に覚えがあると認められたので、大坂城代と老中の間で表向きの確認ができた。それで、天一坊が将軍のご落胤であるという既成事実ができてしまった。

3　品川宿に仮御殿を構える

老中松平伊豆守は将軍吉宗の要望も考慮して、天一坊一行が少しでも早く江戸に向け出発できるよう、大坂城代土岐丹後守に書面を送って働きかけた。しかし山内伊賀之亮は、まだまだ天一には行儀作法が身についておらず、十分に身につけてから江戸に参りたいと考えた。そこで伊賀之亮は、天一坊が土岐丹後守と会見したあとも稽古をつけ、さらに京都所司代の牧野淡路守にお目通りすることにした。大坂城代、京都所司代と会ってから江戸に下向するほうが、天一坊の存在に箔をつけることもできる。

一行はすでに三百人ほどにふくれ上がっており、京都山科の仮御殿に滞在することを許された。ここには中納言、大納言の肩書きを持つ者が何人もあいさつに訪れるようになり、仮御殿の周辺は門前市のようなにぎわいを見せた。高位の者たちとの付き合いで、時には和歌や物語の席が設けられもした。これらの経験により天一の言葉遣いや振舞いには粗野で下劣なところがなくなり、自然と穏やかな雰囲気を漂わせるようになった。

土岐丹後守は松平伊豆守が働きかけた書状のこともあり、京都所司代牧野淡路守に対して大坂での一部始終を申し送り、将軍ご落胤の天一坊様が速やかに江戸に下向できるように促した。牧野淡路守は手厚く一行を持て成し、無難にお目通りして送り出した。

いよいよ江戸への下向である。東海道の道中では、人々をたぶらかす演出はすべてそろっている。先払いの者が、

「将軍様ご落胤お通り」

と声に威厳を込めれば、宿場の者たちは眼を見張り、敬いの念を抱くばかりである。一行はいたるところで地元有力者の招待に与《あずか》り、寄付なども受けた。また、各地で見どころのある者を仲間に引き入れていった。

こうして一行は江戸の玄関口の品川宿に到着し、八ッ山に仮御殿を構えることにした。江戸老中、大坂城代、京都所司代たちの了解のもとにやって来たこともあり、今では大坂で

「徳川天一坊様御旅館」を構えた時のように苦労することもない。品川宿で一番の旅館を押さえて主な顔ぶれが陣取り、従者たちは寺や有力者の邸宅などに宿を取ることにした。

天一坊らが控える旅館には連日、老中、若年寄らの使者が献上物を届けに訪れた。将軍ご落胤お成りの噂は周辺の町にも伝わり、天一坊一行を一目拝見しようと見物客が集まり、品川は時ならぬにぎわいを見せた。

一行が品川に到着したあと、赤川大膳が月番老中松平伊豆守の屋敷に赴き、天一坊一行が八ッ山に到着したことを伝えてある。その数日後、伊豆守の公用人大河原又左衛門が八ッ山御殿に参って赤川大膳に面会を求め、用向きを伝えた。

「明日辰の刻、松平伊豆守の屋敷にお出で願い、徳川天一坊様のご出生の地、お証拠物など万端につきましてお伺い申し上げたく存じます」

赤川大膳は山内伊賀之亮、天一らに確認したうえで、こう返答した。

「上におかれましてもご承知の趣でございます。明日辰の刻までに間違いなく参ります。伊豆守殿ほか皆様によろしくお手配申し上げます」

4　老中松平伊豆守との対面

大坂城代土岐丹後守が行ったのと同様に、江戸では松平伊豆守が確認したのちに親子対面の運びとなる。大河原又左衛門が赤川大膳の返答を松平伊豆守に報告し、屋敷では明日の準備に取りかかった。その最中、屋敷に訪問者があった。

「申し上げます。町奉行大岡越前守、伊豆守にお目通り願いたく存じます」

取り次ぎの案内で松平伊豆守に面会し、伊豆守が用向きを尋ねると、越前守は申し上げた。

「伊豆守殿にはご壮健のご様子で大慶に存じます。今日参りましたのは、このほどご下向されました天一坊様ご一行のことでございます。天一坊様の御旅館は品川八ッ山で、もとより町奉行支配下にございます。ご到着当日より厳重に警護しております。つきましては、明日ご当家に天一坊様がお成りになるとのこと。手前は町奉行であり、万が一、天一坊様がご滞在中、八ッ山あたりで出火など非常の事態がある時はお立ち退きとなりましょうが、その折、天一坊様のお顔をわきまえておりませんと不都合を生じます。そこで明日、天一坊様がご入来の際に、脇よりお顔を拝見できれば幸いに存じます」

「それは念の入ったことである。差し支えない。明日は辰の刻にご入来あそばされるので、その前に参るがよい。その方は玄関の次の間にでも控えて天一坊様を拝すればよかろう」

大岡越前守も、この時までは天一坊が将軍のご落胤であると思い、あくまで非常時に不都合があってはならないという、役目としての責任感から申し出たことである。

大岡越前守は新井白石の弟子で、観相つまり人相で人の良し悪しを判断することを得意としていた。将軍吉宗に引き立てられて江戸南町奉行となっただけに、お役目もあって天一坊の顔を覚えておき、人相も見ておこうと思ったのである。

翌日早朝、松平伊豆守の屋敷に参り、天一坊一行を待つうちに、松平伊豆守をはじめ秋元但馬守、稲葉美濃守、青山下野守、小笠原佐渡守らの老中ら、ほか役目の者が屋敷に集まった。予定通り辰の刻に天一坊一行が屋敷に到着し、八文字に開いた正門を入ると、老中たちが玄関で出迎えた。飴色絹代蹴出しの輿から出て来た天一坊は、法眼袴をはいて卵のような頭の美少年である。

一行が玄関を入って廊下を通ると、左手の隅に大岡越前守が頭を下げて両手をついていたが、足音が聞こえたので、やや頭を上げたところ、やって来た天一坊と一瞬顔が合った。そのまま天一坊らは行きすぎたが、越前守は不審に思った。一目見ただけなのだが、気になる人相をしていたのである。長く観相をしてきた経験から見て悪相といってよい。

天一坊は昨日から設けられた上段の間に案内され、席についた。そばについているのは、山内伊賀之亮、赤川大膳、藤井左京、常楽院天忠。みなきれいな出で立ちである。松平伊豆守をはじめ老中方や役目の者たちが頭を下げる。伊豆守が進み出て申し上げた。

「天一坊様には東海道中、滞りなくご到着に相成り、将軍家にもご満足に思し召され、我われ一同恐悦に存じ奉ります」

御簾《みす》の中から天一坊が答えた。

「伊豆はじめ一同の老中がたも、いろいろと苦心くだされ、予も満足に思うぞ」

「ははーっ。恐れ入りましてございます。では、早速ではございますが、ご誕生の地、改めてこの伊豆が伺い奉ります」

ここで赤川大膳が進み出て申し上げた。

「伊豆守殿、天一坊様のご誕生の地、またその他のことにつきましては、これに控えおります山内伊賀之亮にお尋ねくださいますよう、お願い申し上げます」

「恐れ入りました。では伊賀之亮殿、委細承ります。まず、ご出生の地は」

「佐渡国相川郡小島村浄覚寺の門前……」

伊賀之亮は、さまざまな場所で何度となく答えてきた通りのことを申し述べた。

老中がた、お役目の者たちは一つひとつの話に感じ入った。そのあと、証拠の品の確認となって老中方が拝見したが、まずお墨付きの書状は間違いなく将軍の直筆に相違ない。また短刀は備前兼光。紛れもない本物である。こうなると、老中方やお役目の者は天一坊の素性までもそうであると信じ込み、天一坊を敬うようになった。

5　大岡越前守の観相

還御《かんぎょ》となり、天一坊がツーッと立ち上がると、一行もぞろぞろと玄関に向かった。老中がたもお供をして玄関近くまで来ると、脇から一人の者があらわれて天一坊の前に着座して両手をついた。天一坊が立ち止まって見下ろすと、その者が顔を上げた。大岡越前守である。真正面から天一坊と顔を合わせ、まざまざとその相を見た。

「越前、下がれ。下がれ！　お通りの妨げをするとは何事か！」

松平伊豆守に言われて越前守は下がった。天一坊はそのまま玄関に出て、やってきた輿に乗って一行とともに意気揚々と八ッ山御殿に引き返した。

このあと大岡越前守は、松平伊豆守のところに参って申し上げた。

「天一坊様につきまして一応、松平伊豆守様のご確認が相済みましたが、この越前に再調べを仰せつけられますよう、お願いいたしたく存じます」

「何を申すか。大坂城代、京都所司代で事を調べ、さらにこの伊豆をはじめ老中が同席して、今日までの儀をお尋ねして少しも滞ることなく、お墨付きと短刀は将軍様にもご記憶があり、本物に相違ないことがわかっている。それを再調べすることは相成らん」

「お言葉でございますが、このようにお願い申し上げるのは、天一坊様のお顔に凶相があらわれているからでございます。恐れながら将軍様のご落胤に、そのような相があらわれるはずはございません。十中八九偽者《にせもの》に相違なく、ご証拠の品もどこかで手に入れたものと思われます。再調べで本当のご落胤であると判明した場合、この越前どのような処分もお受けいたします。天下のため何とぞ再調べを仰せつけられますよう、お願い申し上げます」

かたわらで秋元但馬守、稲葉美濃守の両人が話を伺っており、越前守の立場を理解して仰せられた。

「越前、その方の申し出も無理からぬこと。明日、伊豆殿より将軍様に申し上げ、将軍様の思し召しをもって定めるがよろしかろう」

しかたなく、伊豆守もこう言った。

「承知いたした。越前、その方の願いであるから、明日、将軍様に申し上げるとしよう」

秋元但馬守も稲葉美濃守とともに口添えしようと仰せになり、大岡越前守は礼を述べた。

大岡越前守がそこまで熱心に再調べを願ったのには理由がある。かつて伊勢の山田奉行時代、源六郎といった若き日の将軍が毎晩のようにご禁漁地の二見ヶ浦に網を投げ入れたのを、法は守らねばならないとして取り押さえ、罪が及ばないように裁いてきつく意見したのである。このあと源六郎は越前守を恨んだが、成長したのち改心して越前守の裁断に感服し、将軍となってから、その力量を評価して江戸南町奉行として呼び寄せたいきさつがある。越前守としては、将軍に引き立てられた恩義があり、忠誠心から命を賭けて南町奉行を務めてきた。その重責から天一坊の再調べを願い出たのである。

そんなことは松平伊豆守にはわからない。それどころか、天一坊について大坂城代、京都所司代の調べの手をへて、最終的に将軍様ご落胤であると老中の自分が判断したのに、町奉行風情が異を唱え、さらに再調べを強要したのである。伊豆守にとって越前守の言動は、まことに不快なものであった。

6　大岡越前守、閉門を命じられる

翌日、越前守が登城すると、すでに老中たちが集まっていた。緊急のことなので早速、大岡越前守が昨日の天一坊様再調べのことを確認すると、伊豆守が不承不承答えた。

「まだ我われは席についたばかりである。将軍様に、ついでに伺って遣わすから、控えておれ」

「伊豆守殿には、手前どもの考えがご理解いただけないご様子。天下の政治についてということはございません。手前は奉行としての役目を大切に思えばこそ申し上げております。とくに将軍ご落胤などと申すことは重大事と心得ます。万が一、これまでの調べに漏れがあり、天一坊様ご一行にかかわる由々しき事実が露見すれば、予想しえない問題が生じます。これが農民や町民の調べであれば閣老方には伺わず、越前の職権で吟味いたしますが、徳川天一坊とのお名前もあり一応、将軍様のお指図を願う次第でございます」

「黙れ！　ついでと申したことが気に障ったのか。それなら勝手にいたせ」

気に障ったのは伊豆守のほうである。そこへ取り次ぎの高木伊勢守があらわれ、閣老にあいさつした。御用お取り次ぎ役のこの人であれば、将軍に伝えてくれるに違いない。

「伊豆守様、お願い申し上げます。高木伊勢守様がお見えでございます。伊勢守様に手前より直々にお取次ぎを願いましてよろしいでしょうか」

「勝手にせよ。その方の申すことは予にはわからん」

伊勢守は事の次第がわからず、当惑している様子である。越前守は品川八ッ山は町奉行所の支配下であり、万一のことを考えて松平伊豆守の屋敷で天一坊様を拝見したところ、かなりの悪相であることを述べた。その言葉が無礼だと思ったので、伊勢守は、

「おほん、おほん」

と咳払いと目配せで控えるように促した。しかし、越前守は続けた。

「むしろ曲者《くせもの》であろうかと存じます。そこで再調べをお願いしましたが、お聞き入れいただけません。秋元侯、稲葉侯のお一言もあり今日、上申くださるお約束でございましたが、

伊豆守様は勝手にせよとの仰せ。折よく伊勢守様がお出でになりましたので、天一坊の再調べをこの越前に仰せつけられるよう、将軍様にお伺いください。天一坊様が本当にご落胤であれば、一命を差し出す所存でございます。大岡一家の者が相当の処分を仰せつけられても恨みません。忠義のため、よろしくお取り次ぎくださいますよう」

高木伊勢守は、品川八ッ山は南町奉行大岡越前守の支配下のことなので、再度取り調べをさせてもよいと思った。それを拒む松平伊豆守もよくないが、老中筆頭の伊豆守ににらまれてもつまらない。どうしたものかと思案したが、とりあえず伊勢守はこう言って切り抜けた。

「うん。再調べの段、取り次いでくれと申すか……ええ、月番にお伺いしますが……ただいま町奉行越前守が願い出ました儀、お取り次ぎしてよろしいでしょうか」

「貴公の好きなようにせよ」

伊豆守のご機嫌を伺って、伊勢守も決めかねている。そこで、さらに越前守が申し出た。

「お取り次ぎいただけないようであれば、越前、この件につきまして、書面をもってお上に訴え申し上げる所存でございます。よろしゅうございますか」

「まあ待て。万一偽者だった時は、伊勢が申し上げなかったと嫌疑を受けることになる」

と言って伊勢守は、とりあえず将軍吉宗の御前に参り、両手をついて申し上げた。

「ただいま老中部屋に大岡越前守がまかり出まして、月番の伊豆守に対して願いおりますは、徳川天一坊様の御身の上につきまして、再調べをしたいとの儀にございます。老中伊豆守は最初、お許しになりませんでした。と申しますのは、大坂城代、京都所司代が一応ご身分をお尋ね申し上げ、疑いなく君のご落胤と申しております。昨日、伊豆守のお屋敷にご案内申し上げ、同様のことをお伺いしましたところ、やはりご説明に一点の曇りもなく、証拠のお墨付きや短刀も間違いございません。これは君にもご記憶のある品でございます。それを町奉行の越前守が、品川八ッ山は自分の支配下であると言って再調べしたいと申すのは、少々不当のようにも心得ます。いかがいたしましょうか」

伊勢守は、越前守が強調した天一坊の悪相と、将軍のご落胤にそんな悪相があるはずがないこと、それを再調べするのは忠義のためであることを、あえて言わなかったのである。

将軍吉宗にしてみれば、一通り確認が済んで自分の子と決まった天一坊に、できるだけ早く会いたい。そこへ町奉行の越前守が再調べするというのでは、自分の思いに対して邪魔をするようなものである。だから将軍吉宗は立腹して言った。

「重役一同の調べが済んだものを、町奉行の身分で天一坊を再調べするとは何事か。不届き千万、越前に閉門申しつけよ。伊豆には一日も早く親子対面を実現させるように申せ」

これを受け、伊勢守は御前を下がって老中部屋に入った。そして将軍の思し召しを申し上げると、伊豆守は心の底から喜んだ。越前守に対して、伊勢守はこう言い渡した。

「将軍はことのほかお憤りである。重役一同が取り調べてご落胤に相違ないと決まったものを、町奉行の身分で再調べしたいとは無礼千万。よって閉門申し付ける」

将軍吉宗公にかぎって、そのように思し召すはずはない、と越前守は思った。しかし、こうなってしまってはしかたなく、越前守は落胆して下城した。屋敷に帰ると、不浄門以外はすべて閉ざされることになり、周囲は厳重に警護されることになった。

（七）大岡越前守の起死回生策

1　死装束で閉門脱出

屋敷に戻った大岡越前守が居間で呆然としていると、吉田三五郎、平石治右衛門、池田大助ら公用人が集まった。

「お伺いいたします」

と治右衛門が声をかけても返事がない。

「お伺いいたします。平石治右衛門でございます」

「……おお、治右衛門か。ああ残念だ。それにしても残念なことである」

と言ったきり、忠相《ただすけ》はまた目を閉じて頭を下げてしまった。

「筋違いとは、じつに意外なことで。どうして、閉門を仰せつけられたのでしょうか」

「徳川天一坊と申す者が品川八ッ山におり、ここは南町奉行の支配下だから、非常の場合、天一坊の顔を知らなくては役目として落ち度になると心得、伊豆守の屋敷に参って天一坊の顔をしかと見届けた。これが容易ならざる悪相を備えたやつである。名君と言われる将軍吉宗のご落胤に、そのような悪相があるはずはない。察するに、だいぶ昔の話だからどこかで悪事を企み、江戸表に参って徳川の政権に手をかけようとする大悪人に相違ない」

そして越前は、身を震わせながら、昨日から今日までのことを語って聞かせた。

「筋違い閉門となれば、恐れながら、いつ閉門ご免となる見込みもございますまい。いよいよご沙汰の時は……」

「まず、越前は切腹だ。重役をないがしろにしたとあっては、一命は助かるまい。この大岡の家名も断絶となる。しかし、越前は死なん。絶対に切腹などせんぞ」

「しからば、閉門ご免となる日をお待ちあそばされますか」

「限りなき閉門である。いつまでのことかはわからぬ」

「我が主人らしくもありません。腹は切らぬ、命は捨てぬでは……」

「未練を残した卑怯者と思われるかもしれないが、徳川家のために命を捨てるのは惜しいとも思わない、しかし捨てどころというものがある。こうしているうちに伊豆守殿たちにより親子対面などという仰々しい企てが進み、天一坊がご落胤と定められれば天下の一大事、将軍家のご威信にかかわることである。こうなっては水戸中納言様にこのことを申し上げ、天下のご後見副将軍のご威勢をもって、この忠相に再調べを仰せつけられるよう願いたいものだが、何とかして当家を出る方策はないものか」

ここで平石治右衛門が進み出て申し上げた。

「それほどのお覚悟であれば、今夜、水戸中納言様のお屋敷に赴《おもむ》かれ、お願い申し上げたらいかがでしょうか。むろん普通の方法で抜け出すことはできませんが、閉門とはいえ死人を留め置くことはできません。ただ今から死人にお成りあそばせ。ご自害をお勧めしているのではございません。死人のふりをなさいませ」

「予が死人の姿になるということか」

「いかにも。仮に家中の誰かの老母が長い間病気であり、いま身罷《みまか》ったので菩提寺に送ることにします。開けてくれと申せば、他の門は無理ですが、不浄門だけは開けないわけには参りません。その際、少々確かめる者もございましょうが、それさえかわせば大丈夫です。三五郎、大助、拙者の三人が雑務の者として小石川の中納言様のお屋敷までお供いたします。もし露見すれば拙者は覚悟します。他の者も同じでしょう」

「よくぞ申してくれた。それを聞いて安心した。早速その用意をしてくれ」

「ははっ。長らくの間、南町奉行をお勤めになった名奉行に、浅ましい死人のお姿にお成りいただくことになりますが、どうかご辛抱くださいますよう」

2　不浄門を出る

日暮れを待ち、三人の公用人は雑務をこなす仲間《ちゅうげん》として、梵天帯《ぼんてんおび》に法被《はっぴ》をまとい木刀を差した。平石は熊吉、吉田は亀吉、池田は大吉という名前にした。越前守はこの日、五十六歳で亡くなった治右衛門の母親役として白無垢姿である。駕籠の中には越前守の衣装や大小も忍ばせてある。三人のほかに家来の中でも弁が立つ山田仙助が加わった。越前守が事の次第と役目を伝えると、仙助は心強く請け合ったのだ。

五つ時、すなわち夜八時頃、山田仙助と駕籠を担いだ三人の仲間が不浄門にやって来た。仙助が屋敷の内側から門をたたいて自分の名を言い、公用人平石治右衛門の母が病死したので三田聖坂の雲光院に送る旨を伝えた。門が開いて番の者が人数を尋ね、確認ののちに通すと言った。門外で警護していたのは御小人目付け、お徒《かち》士目付け、その他の部下の者数名である。お徒士目付けが仙助に名前と年、生国などを尋ね、仙助が答えた。

「山田仙助にございます。当年、四十二歳で、出生地は三州西大平でございます」

「治右衛門の母というのは長く患っていたのか」

「はい。二十日ばかり患っておりました。鎌倉河岸の医者神田玄泰先生に診ていただいたのですが、年をとっておりますので、急に容態が変わりまして」

仙助が淀みなく述べると、次は中間の熊吉つまり平石が同様に答えた。

「私は熊吉と申します。今年三十八で、生まれは丹波の篠山でございます……カカアはおりません。ガキもございません……親類縁者もおりません」

次いで亀吉役の吉田、大吉役の池田と続いた。みな町奉行の公用人だけあって世事に通じており、いかにもそれらしく下世話に如才なく振る舞った。次は死人の番である。

「おい、提灯を三張りほどこれへ持て。駕籠の中を改める」

忠相は、もし平石の母ではなく町奉行大岡越前守ということが知れたらその場で切腹だと思い、匕首《あいくち》の柄に手をかけて両目を閉じたままでいた。そこで亀吉が熊吉に声をかけた。

「おい熊、早くしようじゃねえか」

「お役人様、早く改めておくんなせえ。病気のタチが悪いからお気をつけなすって」

と熊吉がサッと駕籠の戸を開けた。見るなと言われれば見たくなるのが人情だが、見ろと言われたので、お徒士目付けは恐る恐るソッと覗《のぞ》くと、亀吉が気味の悪さを煽り立てた。

「別に変わった死人じゃございません。ただ苦しんで死んだとかで、どうも気の毒で」

「しかし、よくすぐに桶が間に合ったものだな」

「桶に納めて埋葬しようと思った矢先、閉門となってしまったのでございます。さあ、もっとよく改めてください。桶から出してご覧に入れましょうか」

仙助が促すと、

「もうよい」

とお徒士目付けは駕籠の戸を閉めさせ、御門下を通るための書き付けを渡した。ホッとした面持ちで一行は屋敷の外に出た。途中で死人は大岡越前守に生まれ変わり、衣服、大小をととのえた。

3　水戸中納言との密談

小石川にある水戸中納言の屋敷に着き、越前守は取り次ぎを願った。出たのは、御付家老山辺主水正の子息で今年十八歳になる山辺主税である。主税は中納言のお気に入りで、お相手を済ませて下がったばかり。家来を門前に控えさせ、越前守一人が屋敷内に入った。

「初めて面会いたす。拙者、南町奉行大岡越前守忠相と申す。このような夜半に参り、ご無礼をご容赦願いたい。じつは、このたびの徳川天一坊と申す者につきまして、中納言殿に急な用向きがあって参りました」

と言って、越前は緊急の用事であることを申し上げた。

「容易ならざる大事のご様子。少しお待ちくだされ。取り急ぎ、主君に申し上げて参ります」

寝に就こうとしていた水戸中納言綱条に、大岡越前守が急用で参った用向きを山辺主税が申し上げると、中納言は目通りを許して自室に通すよう伝えた。ややあり、山辺は越前守を案内した。このところ中納言は体調が思わしくなかったが、快く迎え入れてくれた。

「越前、苦しゅうない。これへ進め。一同の者、遠慮いたせ。主税はここにおれ」

「夜間、お騒がせいたしまして、まことに恐れ入りましてございます」

「何やら急な用向き。いかがした。進み出て直《じか》に申せ」

越前守は松平伊豆守の屋敷で天一坊の悪相を見て、容易ならざる一大事と判断して再調べを願ったが許されず、高木伊勢守から将軍吉宗公に取り次いでもらったところ、結果的に筋違いとのご沙汰で閉門となったことまでを詳しく申し上げた。

「うむ。取り次いだ高木伊勢守の言葉足らずであろう。予が将軍に言上し、必ずその方が再調べを仰せつけられるよう取り計ろう。その方も将軍の鑑識により江戸南町奉行の大役を仰せつけられた。その者が願い出たことが筋違いということはあるまい……ところで越前、その方、閉門の身でいかにしてここまで参ったか」

「恐れながら死人の姿となり、不浄門より出て参りました。このお屋敷に嘆願するとは申しながら、天下の役人が警護するところを、忌まわしき白無垢《しろむく》姿で偽って参りました」

「苦しゅうない。予が含みおく。しかし、屋敷を出るのは簡単でも、これから戻るのは容易ではないぞ。何人参っておるか」

「侍一人と、仲間に仕立てました公用人三人、手前を含めまして五人でございます」

「死人がただいま帰ったとも言えまい。一度は菩提寺に参ったが、用事を思い出したので、

また世の中に出てきたと申すつもりか。幸いここに適役が一人おる」

閉門屋敷を開門させるのは容易なことではない。中納言は主税を見て申しつけた。

「主税、越前守ら一同を送り届け、大小の役人を説き伏せて五人を屋敷内に届けるのだ」

主税は承知し、越前は丁重に礼を述べた。主税はすぐに御前を下がって供揃えし、自分は馬に乗りながら十人ほどを連れて参る算段である。丸に水と染め抜いた水戸家の高張り提灯を立て準備万端ととのった。越前が中納言に別れのあいさつを申し上げると、中納言が念を押した。

「越前。明朝、あるいは役人どもが参って切腹申しつけると申すかもしれないが、その時は、水府《すいふ》（水戸の異称）の指図を受けなければ腹は切らぬと申せ。早まってはならん」

4　水戸家の威光で開門させる

越前守が主税の一行に加わって自分の屋敷を目指す途中、馬上の主税が小声で言った。

「越前守殿。お屋敷の門では、やかましいことを申すでしょうが、すべて水府のご威勢をもって開門させるつもりでございますので、その時は何もおっしゃらぬよう願います」

「何事も主税殿にお任せ申す」

屋敷の門には小人目付け、徒士《かち》目付けが出張しており、ほかに三、四十人の警護がついている。そこに水戸家の高張り提灯《ちょうちん》を掲げた一行がやって来た。そのうち馬上の若侍が下り立って言った。

「開門されよ。速やかに開門願いたい。拙者、水戸中納言殿お側の山辺主税と申す」

お小人目付けの梶川与右衛門、お徒士目付けの横田孫十郎らが進み出て答えた。

「越前守様は将軍殿のご機嫌を損ねて閉門の身でございます。支配頭が封印を貼りつけており、これを破って開門することはできません。しばし、お待ちください。一応、支配頭に尋ね、許可が下りましたら開門いたします」

「黙れ。至急の御用があってこの夜中に参っておる。開門できないとは何事か。水戸中納言様から越前守殿へのお尋ねがあり、越前守殿の心得を尋ねよとの御用であるぞ」

「そうは申されても……」

「開門するのか、しないのか！　我らはいたずらに申しているのではない。君公のご命令により参った。のちに支配頭に咎められたなら、水戸家の家来山辺主税という者が強引に押し入ったと答えれば、その方の罪にはならぬ。とやかく申すと捨て置かぬぞ」

「しかし、封印は支配頭が貼り付けましたもので、これを破ればそれなりの沙汰が……」

と言い終わる間もなく、山辺主税は封印を破り捨てた。

「何をなさいます。封印を破るとは怪《け》しからん」

「ちょっと手をかけたら破れてしまったのだ。支配頭が咎めたなら、山辺主税の仕業《しわざ》であると申せば、その方が咎めを受ける心配はない。それでも通すことはできないと申すか。水戸中納言様の命令でも開けられないか。我われはこのまま立ち去ることはできん」

と言って、山辺主税が刀の柄に手をかけると、二人の役人はガタガタと震え始めた。そこへ追い討ちをかけるように主税が怒鳴った。

「速やかに開門せよ。早くせよ！」

「か、かしこまりましてございます……一応、人数を改めさせていただきます。一、二、

三、四、五……十三、十四、十五。はい十五人。よろしゅうございます」
幸い、この役人たちは大岡越前守の顔を知らない。さらに越前守も役目どおりの立派な姿ではなく、下級武士の姿である。門が開けられ、一同が屋敷内に入った。門を閉めると越前守は礼を言った。

「主税殿、かたじけない。お骨折りいただいたことはこの忠相、決して忘れはせぬ。水戸中納言様にもよろしくお伝えくださいますよう」

「承知いたしました。主君も申しましたとおり、みだりに腹をお切りなさらぬよう」

越前が重ねて礼を述べると、山辺主税は家来を連れて門際に戻って言った。

「開門せよ。御用が済んだ」

門番が門を開け、主税が家来を連れて出た。小人目付け、徒士目付けら役人が人数を調べると五人足りない。不審に思った徒士目付けが尋ねたが、山辺はしらを切り通した。

「怪しからん。その方ら、寝ぼけ眼《まなこ》で数えたから五人数え違えたのであろう。減ったと申すならば、どのような者が足りないのか申せ」

「それは、よく覚えておりませんが……」

「覚えておらぬでは済まぬではないか。覚えていないのもしかたがない。初めから、足りない五人などいないのだから。それでも、五人足りないと申すなら捨て置かぬぞ」

「あ、いや、よろしゅうございます。どうぞお通りください」

こうして大岡越前の家来たちは難を逃れることができた。

5 水戸中納言綱条の将軍吉宗への進言

水戸中納言綱条は病を押して翌朝、まだ夜も明けきらないうちに屋敷を出、明け六つ（午前六時）の太鼓の音とともに登城し、八代将軍吉宗公にお目通り願った。水戸中納言は将軍に人払いを願い、控えていた者全員を将軍が退かせると、水戸中納言は話し始めた。

「お目通り願った件はほかでもございません。徳川天一坊様のお身の上でございます。過日、町奉行大岡越前守忠相が再調べを願い奉りましたところ、筋違いとのご上意。それにつきまして、お側取り次ぎ高木伊勢守は上へ何と申し上げましたのでございましょうか」

「伊勢が申すには、品川八ッ山は町奉行の支配下であり、越前がいま一度調べたいと申し出たが、すでに京都所司代、大坂城代において取り調べが済み、老中一同も取り調べ、予の胤《たね》であることが明らかとなった。それを目通りを申しつける段となって、町奉行の身分の大岡越前守が再調べしたいと申すのは理解しがたく、筋違いであると申したのだ」

「伊勢守は品川八ッ山が町奉行の支配下であることのみを申し上げたのでしょうか」

「いかにも」

「であれば、伊勢守が大事なことをひとつ申し上げなかったことが誤解のもとであったと思われます。たしかに越前守は、品川八ッ山は町奉行の支配下であり、非常の場合に備えて落ち度のないよう天一坊様のご尊顔を拝し奉りたいと、願い出ましてございます。

　それで天一坊様のお顔を拝したところ、越前の目には容易ならざる悪相であると映ったのでございます。恐れながら、将軍様のご落胤がそのような悪相を備えているはずはなく、まさしく天一坊様は偽者に相違なく、証拠の品はどこかで手に入れて差し出したのであろうとのこと。そこで再調べを願い出たのでございます。

徳川天一坊様が将軍様のご落胤に相違なく、越前守の眼鏡違いということになれば、いかなるご処分を仰せつけられても恨み申すことなく、身命を投げ打って再調べをいたしたいと申し出たのです。天一坊様の悪相のことを言わず、ただ町奉行の支配下であるとの理由のみを申し上げたのは、いささか伊勢守の言葉足らずであったと心得ます」

「何と。そのようなことであったか」

将軍吉宗はやや顔色を変え、伊勢守を呼ぶようそばの者に命じた。伊勢守は、松平伊豆守を恐れて越前守が言ったとおりに伝えなかったので、水戸中納言殿のご登城となり改めてお尋ねとなったのだろうと震えた。へたをすれば切腹ものである。将軍吉宗が尋ねた。

「伊勢。過日、奉行越前が天一坊再調べの儀を申し出た時のことである。存じておろうが、その方にいささか言葉足らずのところがあったように思われる。よって、ただ今より閉門を解くこととする。早速、忠相をこれに連れよ。直々に天一坊の再調べを申しつける」

「委細かしこまりました」

伊勢守は将軍吉宗の配慮によって救われた。喜んで御前を下がり、そのまま馬に跨って越前守の屋敷に乗り込んだ。屋敷内の者たちは驚いた。水戸中納言様に嘆願したが、将軍吉宗公の耳に届かないうちに将軍様から使いがよこされ、主人は切腹申しつけられるのかもしれない。平石治右衛門、吉田三五郎、池田大助らは凍りついてしまったが、しかし大岡越前守は少しも動じなかった。早速お出迎えに上がると、伊勢守が伝えた。

「上意である。今般、思し召しがあった。閉門ご免とする。なお、ただいま将軍殿のご命令により、登城を申しつける。伊勢が案内する。早速、登城の仕度をいたせ」

越前守はただ嬉しいばかりだが、伊勢守には負い目がある。自分の言葉足らずによって越前守は閉門を申しつけられたが、水戸中納言の口添えによって閉門ご免となった。さらに将軍が越前守にいきさつをお尋ねになれば伊勢守の立場はない。降格か、最悪は切腹か。

「越前、このたびのことは……何と申せばよいか……おほん」

「伊勢守様の仰せ、恐れ入ります。済んだことを問題にするようなことはございません」

速やかに登城しなければならない。越前守はそのまま麻裃を着用し、馬に乗って登城した。

6　将軍名代として再吟味せよ

将軍吉宗が水戸中納言綱条と談話しているところへ、伊勢守が越前守を案内した。

「ただいま、越前を召し連れて参りました」

はるか後方で頭を下げている越前守に、将軍が、

「越前」

と声をかけた。

「ははっ。うるわしきご気色を拝し、越前まことに大慶に存じ奉ります。このたびは厚き思し召しにより閉門ご免となり、ありがたき幸せに存じ仕ります」

「何も申すな。天一坊の調べの儀はその方に任せる。しかし、京都所司代、大坂城代、江戸老中一同が取り調べたあと、その方が町奉行の身で再調べするのも大いに難儀であろう。よって今日より、予の名代として取り調べることを許す」

「まことにありがたく幸せに存じ奉ります」

同席している水戸中納言にも厚く礼を述べたいところだが、黙っているしかない。そうしていると、水戸中納言から声がかかった。

「越前。天一坊再調べの儀は大役であるぞ。心してかかれ。早くせねばならん」

「恐れ入ります。思いがけなく、水戸中納言様にもお目通りがかない、ありがたく幸せに存じます」

越前守は屋敷に戻ると、平石治右衛門、吉田三五郎、池田大助らを呼んで言った。

「みなの者、喜べ。今日お上より厚いお言葉があり、将軍様ご名代を仰せつけられた。越前が閉門ご免となって再調べを申しつけられたと知れば、天一坊は自害するか、江戸表を退散しないとも限らない。治右衛門、その方はただ今より八ッ山に参って天一坊の家来に会い、明日四ッの刻に南町奉行所に参るように伝えよ。大助と三五郎、その方ら両人は、彼ら一同を取り逃がすことのないよう、四宿入り口の手配りをいたせ」

吉田三五郎、池田大助らは水戸街道の千住、中山道の板橋、甲州街道の新宿、東海道の品川の四宿を、その日のうちに固めた。平石治右衛門も急いで品川八ッ山に向かった。

八ッ山の天一坊仮御殿では、山内伊賀之亮を中心に一行が酒を飲みながら密談していた。これまで首尾よく運んでいる。このまま問題がなければ、いよいよ将軍吉宗と天一坊の親子ご対面となる。そこに、町奉行大岡越前守の家来がやってきた。

「町奉行大岡越前守の公用人、平石治右衛門と申す。赤川大膳殿にお目通り願いたい」

将来、大名になる夢を描いていた赤川は、江戸では老中方にもあいさつし、ようやく自分の夢がかなうと思っていた矢先、町奉行の家来がやってきたので少し心配になった。

「先生、大岡越前の公用人平石治右衛門という者が来ました」

「えっ、何だと！」

赤川の言葉に山内伊賀之亮は色を失った。赤川以上の驚きようである。

「大岡越前守は閉門を申しつけられているはずだ。その家来が来るはずはない」

「しかし、それがやって来て、何でも俺に会いたいと言っている」

「お前たちは欲に目がくらんでいるからいけない。考えてみろ。老中五人が天一坊を将軍ご落胤に相違ないと言ったので、近いうちに親子ご対面となり、名乗りを上げてから西丸入りして将軍のご宣下《せんげ》となる運びなのだ。それが、今になって町奉行が使いをよこすとはどういうことだ。たぶん、どこかで大岡越前が天一の顔を見たに違いない。天一、よく考えてみろ。松平伊豆守の屋敷で他の役人に顔を見られた覚えはないか」

しばらく考えていた天一が口を開いた。

「そういえば一人、玄関を通ると次の間の襖際にいた者が顔を上げました。帰り際にも、その者は頭を上げて真正面から私の顔を見ました。その男が大岡越前でしょうか」

「ああ、違いない。観相を得意としており、お前の顔を見て不審に思ったのだ。しかし、ともかく会わないわけにはいかない。応対する時に、先方は町奉行の家来だから下座をしているに違いない。その時に将軍様御名代の大岡越前守ということを言うかもしれん。品川八ッ山は町奉行の支配下なので、天一坊について伺いたいということだ。南町奉行所にお成り願いたいと丁寧に言われたら危ないと思ったほうがいい。赤川、すぐに天一坊をご案内申し上げると返答しろ。奉行所のような不浄のところには参らんなどとは言うな。将軍様御名代であれば、親の言葉に背くことになる。まあ、とにかく行け」
赤川大膳は麻裃を着て、家来四、五名を従えて対応に出た。やや青ざめている。

7　明日、南町奉行所へ

「町奉行大岡越前守の使い、治右衛門と申すはその方か」

「ははーっ。手前は町奉行大岡越前守の家来、公用人の平石治右衛門と申します。今日参りましたのは、このたび徳川天一坊様、滞りなく東海道を下向され、また先頃は老中松平伊豆守方へ参られ、お身分お証拠品なども疑いなく、一時も早く親子ご対面の儀を主人越前守も計らいたいと心得ております。ところが、この品川八ッ山と申しますところは町奉行の支配地であり、役目柄、一応天一坊様のお身の上をお伺いしたいと主人越前守が申しておりま す。将軍様からも、越前がお尋ねした上で親子の対面をいたしたいとのこと。よって恐れながら明日、将軍様御名代として主人大岡越前守忠相が天一坊様のお身の上を承《うけたまわ》りたく、正四ッ時までに南町奉行所にお出でくださいますよう、お願い申し上げます」

やはり、そうきたか。妙に丁寧である。大膳は冷や汗をかきながらも返答した。

「それは、まことに何とも……将軍御名代として天一坊様のお身の上を伺いたいとのこと。明日、正四ッ時に参りますようお取り計らいいたします」

そう伝えたまま赤川大膳は席を立った。平石治右衛門は、あたりの様子を見ながら悠々と下がった。大膳がこのことを一同に知らせると、伊賀之亮が言った通りだったので、みな顔色を変えた。しかし、すでに伊賀之亮は慌てる様子もない。

「まあ、しかたない。事が露見すれば、高い木の上に縛りつけられるだろうが、覚悟の上だ。やはり越前守は名奉行である。相手に不足はない。この伊賀之亮、受けて立とう」

当然、こんなことが起こりうることも考えてはいた。大膳が不安げに聞いた。

「先生、明日は奉行所に行って天一坊が調べを受けるが、大丈夫だろうか」

「越前という男は相当の切れ者である。ひとつ間違えば、みな召し捕られて死刑は逃れられない。拙者も最善を尽くすが、覚悟はしておけ。ついては大膳、お前が先供だぞ」

「ええっ、拙者が」

「それは前から決まっている。明日は面倒だ。大坂城代の時のようにはいかん。たぶん、無礼なことを言って挑発してくるだろう。そこで刀の柄に手でもかけようものなら、すぐに捕まる。向こうはこちらが腹を立てるのを待っているのだから、くれぐれもその手に乗らんように。相手はただの大岡越前守ではなく、将軍の名代なのだ。気をつけろ。相手に何か尋ねられたら普通に返答して、悪口で返すことは控えろ。辛抱のうえにも辛抱だ。天一坊も同じだ。明日さえやり過ごして越前守が腹を切ることになれば、徳川第九代はお前が手にしたようなものだ。越前との議論は拙者が引き受ける。みなボロを出さないように」

いずれにしても、明日がヤマだ。こんなに危ない橋を渡るのは、美濃長洞の常楽院を出立して以来はじめてのことである。藤井左京も心配になっている。

「先生、そんな危険なところに行くくらいなら、いっそのこと今から退散してはどうだ」

「何だと。どうしてそんなことができるか。街道も海も静かなようだが、もうしっかりと固めてあるはずだ。一見わからないが、かなりの人数が出ているだろう」

たしかに品川の沖合いを見ても、漁船など一艘も見えない。それなりに手配されているに違いない。その夜は全員ろくに眠ることもできなかった。

翌朝、赤川大膳が先供となり、一行は南町奉行所に向かった。昨日伊賀之亮が言ったとおり、辻々には身軽な出で立ちの者が三十人から五十人おり、町屋はみな戸を閉めて夜中のようである。奉行所に着くと、門が閉ざされていた。

「徳川天一坊様お先供、赤川大膳ただいま到着。開門願いたい」

と大膳が大声をあげたが、門内は静かである。大膳がさらに申し入れると返事があった。

「何だ。誰が来たと」

「徳川天一坊様お先供赤川大膳だが、開門されよ」

「どこの坊主だか、誰だか、知らんが目が悪いのか。潜り門が開いているからさっさと入れ」

「無礼な。当代将軍ご落胤の天一坊様とお先供赤川大膳、潜り門より通ることはならん」

「黙れ。そのまま帰るなら帰れ。今日は大岡越前守が当代将軍のご名代として青坊主を調べるのだ。それに背けば、将軍様のご命令に従わないことになる。召し捕るぞ」

思わず刀に手をかけた赤川は、思い出した。うっかり抜こうものならここで終わりだ。門番も普通の者ではない。越前守は池田大助に任せていた。

「……将軍ご名代大岡越前守のお取り調べとあれば、是非にとは言わぬ。潜り門より入る」

「さっさと入れ。他の者は一人も通ってはならん。赤川、お前だけ通れ……御門下、刀差しが一人通るぞ……他の者は門前で固まっていろ。そのうち数珠つなぎにしてやろう」

どうも奉行の手下は手強い。大膳が面食らって玄関に入ると、出てきたのは昨日会った平石治右衛門である。

「これはこれは、平石氏。昨日面会いたした赤川大膳でございます」

「お前のような者は見たことがない。何しに参った」

「これは怪しからん……いえ……手前はお先供でございます」

「大仰なことを言うな」

こうあしらったあと、治右衛門は手下に命じて言った。

「この刀差しをその部屋に放り込んでおけ。煙草盆や茶など出す必要はない」

（八）徳川天一坊の再調べ

1　越前守の挑発

そうこうするうちに、徳川天一坊をはじめとする一行が南町奉行所にやって来た。その門は開いておらず、潜り門だけが開いている。藤井左京が出て来て言った。

「徳川天一坊様のお成りである。開門されたい」

すると、また池田大助が怒鳴った。

「黙れ！　何をぐずぐず言っている。どこの坊主だ」

「無礼極まる。いま徳川天一坊殿が八ッ山仮御様よりお越しになられたのだ。先刻、先供の赤川大膳が参ったはずだ」

「ああ、面の四角張った盗賊面のやつが一人来た。今日は将軍御名代の主人大岡越前守が青坊主を再調べいたす。そう心得ろ。潜り門で不都合なら父の命令に背くことになるぞ」

「八代将軍ご落胤天一坊様、町奉行のような不浄役人の屋敷に参り、潜り門から入るようなことがあろうか。還御《かんぎょ》、還御！」

この藤井左京の一言で、これまで従って来た者たちが品川八ッ山のほうに引き返そうとした。すると、門内から池田大助があらわれて言った。

「逃げ帰るか。取り調べが済まぬうちに退散するとあらば、いよいよ偽者である。ソレッ」

合図とともに扇子を掲げると、たちまち与力、同心ら百名近くが天一坊一行の周囲を取り巻いた。さらにカンカンと半鐘が鳴ると、火消し衆が集まって警護した。刺子、長半纏姿の者たちが数百人、手鉤、長鉤などを手に取り囲んで声をあげているのである。

驚いた山内伊賀之亮は藤井左京を制し、輿から出て来てその場をやりすごした。

「これはこれは。将軍御名代越前守殿が再調べをなさるとのこと。それを心得ず、先の者が大いにご無礼を申し上げて恐れ入ります。潜り門でも苦しゅうございません。さあ、お上殿にはお立ちいただき、この潜り門からお通りあそばされますよう」

こうして伊賀之亮が促すと、飴色網代蹴出し黒棒の輿の引き手が開いて、天一坊が出てきた。白綾の衣、素絹衣に緋色の袴をはき、少しも臆することなく潜り門を通った。

池田大助ばかりか大岡越前守の家来はみな、意識的に一行を粗末に扱った。将軍ご落胤の証拠のお墨付き短刀も、

「そのへんに放っておけ」

と部下に命じた。山内伊賀之亮、常楽院天忠、藤井左京ら一行が調べの間に通ると、平石治右衛門が取り次いで言った。

「ああ天一坊、参ったか。そこに控えておれ」

天一坊は立ったままでいた。正面に一段高いところがあるが、そこに上がったのは大岡越前守で、手付きの者が八、九名控えている。越前守は駒繋ぎ御改紋の裃を着用し、眼下に天一坊の顔を見ていた。いつぞや松平伊豆守の屋敷でしかと確かめた天一坊の悪相、まさか見

間違いではあるまいと再び目を凝らして見たが、いよいよ偽者の顔つきである。

「それに控えろ。どうして立っている。その方の身分を調べる。はばかりながら大岡越前守忠相が将軍様御名代を務める。御名代の前で無礼であろう」

越前守も最初から挑発してかかるが、さすがに天一坊は少しも恐れる気配はない。それどころか、伊賀之亮に向かってこう言った。

「伊賀之亮。父上の御名代として越前守が予の身分を尋ねると申しておる。越前守を恐れているのではないが、御名代とあらばいたし方ない。これに着座してもよいか」

「確かに、お言葉のごとく越前守に対して着座するのではございません。将軍様御名代とあらば、その役目に応じて下座あそばしてよろしゅう存じます」

2　伊賀之亮の巧みな弁舌

天一坊がこうして着座すると、越前守は藤井左京、常楽院天忠の名を呼んで確認し、さらに麻裃を着ている山内伊賀之亮の名を呼んでこう言った。

「天一坊と申す者、これまで京都所司代、大坂城代にて一応取り調べ、過日、老中五名がそろって取り調べたが、まだ不分明なことがあり、改めて越前が取り調べいたす」

「伊賀之亮が申し上げます。これまで上様にお答えいただくのもどうしたものかと心得、お守役の拙者がご出生の地、そのほか今日までのご経歴などを、すべてがお答え申し上げます。何事も、この伊賀之亮にお尋ね願いたい」

「そうか。では、まず最初に尋ねよう。聞くところによれば天一坊と申す者、出生の地は佐渡国相川郡小島村浄覚院と申す寺の門前に捨てられていたとあるが、どうして徳川将軍様のご落胤であると申すのか。そのことから申せ」

「浄覚院は日蓮宗の一山でございます。そこへ一人女の巡礼者が参り……」

伊賀之亮が淀みなく述べるのを、越前守はじっと聞き入っていた。

「では、将軍様ご落胤として親子ご対面を急ぎたいと申す者が、どうして何日もの間、大坂や京都を回ってきたのか。一時も早く江戸表に出ようとしなかったのはどうしてか」

「天一坊様は佐渡国にご出生になり、さらに美濃国長洞にもご滞在され一度は剃髪して僧となり、世を捨てたようなものでした。将来は日蓮宗の僧として終わると仰せられておりましたが、我われは当代将軍の跡をお継ぎになる身でありながら、そのままにして僧で終わるようなことはよろしくありませんと申し上げました。徳川八代将軍の天下をご相続される方もおられない状況であれば、少しでも早く江戸表にお出でになって御父君と対面され、ご安心していただくのが大事でございます。しかし長く民間におられ、とくに日蓮宗の僧であったために、行儀作法なども崩れておいでです。ですから大坂にしばらく足を留め、さらに京都に滞在して諸礼諸式を身につけていただこうと思ったのでございます」

「天一坊は、まず出家だったのだな。その僧が下向する際、どうして弓、鉄砲、槍、薙刀《なぎなた》などで仰々しく武装して来たのか」

「お尋ねの意味がよくわかりません。たしかに関東下向の際に弓、鉄砲その他の武器を持って参りましたが、これは天一坊様ご自身の道具ではございません。我われは大切なお方を警護して下向するわけですから、そのために我われが持参したものでございます」

伊賀之亮の返事はすべて速やかであり、かつもっともらしい言い方なので、越前守もしばらく口を結んで考えていた。

「では、天一坊の輿は飴色網代蹴出黒棒であるが、何かの意図があってそうしたのか。あるいは何も知らずに、その駕籠に乗せて江戸表まで連れて来たのか」

「これはどうも、越前殿のお言葉とも思えません。何事もわきまえずにお供をするようなことはございません。このお輿は、とくに伊賀之亮がお許しいしたのでございます」

「控えろ。この飴色網代の輿は上野輪王寺宮でなければお召しになることはできない。それを、身分も不明の天一坊を乗せるとはどういうことか」

これまでの取り調べはうまくかわされたが、ようやく怪しからん行いを吟味できそうだと越前守は思った。しかし、伊賀之亮はなかなかのやり手である。

「では申し上げますが、飴色網代蹴出黒棒のお輿のどこがいけないのでしょうか。飴色でしょうか。網代でしょうか。それとも黒棒に問題があるのでしょうか」

「控えろ。どれが一つが悪いというのではなく、全体的によくないのだ。上野輪王寺宮と天一坊と、その方は同様に心得ておるのか」

「もちろん、上野の宮様と天一坊様がご同様とは存じておりません」

「それなのに、どうして天一坊をそのように恐れ多い輿に乗せたのだ」

いよいよ追及の手を強めてやろうと越前守は気負いこんだ。しかし、依然として伊賀之亮には余裕があり、越前守を見下したような態度も見受けられる。

「ははぁ、そういうお尋ねでございますか。世間の評判では、大岡越前守様はかなりのご器量がおありで万事抜け目がないと承っておりますが、上野宮様のご格式と上様のご格式がおわかりでないご様子。では、この伊賀之亮が慎んで申し上げましょう。おほん……」

伊賀之亮はわざと咳払いして、公家や高僧の格式、故事、歴史などについて得意の知識を長々と披露した。誰も理解できないような、高貴で堅苦しく、難解な話ばかりである。それを淀みなく滔々《とうとう》と語るので、越前守は注意深く聞いてはいたが、やや圧され気味である。伊賀之亮は、この越前守のお尋ねに対する返答の仕上げとして、こう述べ上げた。

「……京都の比叡山延暦寺は延暦十三年に建立され、伝教大師が開基でございます。上野

にも一寺を建立したいとのことで東叡山寛永寺とされましたが、寛永元年に南光坊天海僧正というお方が開基でございます。それで関東に下向される際、公卿ご一同のご詮議により、普通のお輿ではいけないということになり、はじめて作られたのがすなわち飴色網代蹴出黒塗棒でございます。日の色になってはいけないというので日の色の上に黒い漆を塗って朱黒色とし、それを俗に飴色と申します。

恐れながら天一坊様親子ご対面が済むまでは、つまり法衣を着ておられるうちは、まだ徳川九代の将軍として西丸入りすることもできません。親子ご対面のうえ九代の御代を知らしめるか、それも御三家同様のご身分となられるのか、あるいは日蓮宗のご出家で終わるのか身分が定まらず、晴天となるか雨天となるかもわかりません。そこで上野の宮様同様に飴（雨）色の輿にお乗りいただこうと伊賀之亮が計らったのでございます。

長い道中ですからお身体もお疲れになります。ですから蹴出を設けてお脚を伸ばせるようにし、まだ出家でおられますので黒塗りの棒としたのでございます。これらはすべて伊賀之亮の計らい。してみれば、どれをもって悪いと仰せられるのか承りたく存じます」

越前守はただ黙って聞いていたが、まさに水が流れるような弁舌に対して答える術はない。伊賀之亮は思い通りの展開に余裕を見せて、さらに念を押した。

「さあ、飴色網代蹴出黒棒につきましては以上の通りでございます。越前殿、本日、天一坊様の御身の上を取り調べたいとおっしゃるのであれば、何なりとお尋ねに預かりたい」

3　時間かせぎの仮病

伊賀之亮が最後の一言に語気を強めると、越前守はさっと席を下りた。そして終始黙りとおしていた天一坊の手を取り、用意しておいた上席に引き立てた。

藤井左京、赤川大膳、常楽院天忠らはいよいよお縄となるかと思った矢先、越前守は用意していた上段の間にご案内申し上げ、後ろに退って両手をつき、頭を下げた。

「君命とは申しながら、御身の上をお伺いするのに先刻よりご無礼申し上げました。よろしくご処分のほどお願い奉ります」

藤井左京は心中しめたと思い、謹んで天一坊のほうに向き直って言った。

「承りますに、これまでのご無礼を謝し、ご処分を願っております」

「必ずしもとがめるには及ばん。父上のご命令によって予の身の上を調べるのは役目の上のことで、越前守の志が誠忠なればこそ。これまでの無礼は忘れて遣わす」

左京が越前守に向き直った。

「越前殿、これまでの無礼を忘れ遣わすとの上意でござる」

「ははっ。ありがたき幸せに存じ奉ります。このうえは品川八ッ山にご帰還をお勧め奉り、拙者は早速登城をいたし、将軍様の御前に申し上げ、親子ご対面の儀を計らい奉ります」

天一坊も越前守に申し添えた。

「しからば越前、父上に一時も早くご対面が叶うよう取り計らい願いたい」

「かしこまりましてございます」

とは言いながら、越前守の腹の底は悔しさで煮えたぎっている。そして還御《かんぎょ》の触れが出された。やって来た時とは違い、門が八文字に開かれた。天一坊は飴色網代蹴出の輿に乗り、一行とともに意気揚々と南町奉行所をあとにした。

すぐに登城して再調べの次第を述べれば、八代将軍も真のご落胤と思し召すかもしれない。子が偽者でも、親の情というものもある。再調べで一通り吟味したのだから、親子でご対面を取り計らえと仰せつけられれば、できないとは言えない。こうなれば、できることはただ一つ。越前守はその日のうちに病気届けを出すことにした。

八ッ山の天一坊仮御殿では、山内伊賀之亮を上席に置いて、みな酒を飲んでいた。赤川大膳が伊賀之亮の労をねぎらった。

「確かに大岡越前守は名奉行だけありましたが、先生のほうが一枚上でしたな」

天忠も進み出て喜びの声をあげた。

「先生のお働きで九分通り成功と言えましょう。一日も早く親子ご対面を願うだけです」

天一坊も安心し、みな伊賀之亮を称えたのだが、本人は眉間に皺を寄せ、腕組みして考え込んでいる。大膳が進み出て言った。

「さあ先生、今日は拙者から盃を。喜びの祝い酒です」

「最後に越前守はご処分を願いますなどと言っていたが、あそこで切腹申しつけるとでも言えば、我われ全員がやられただろう。越前が自分の命を捨てると決まれば、まず第一に天一坊を突き殺したあと私に向かって来たはずだ。他の者たちもすぐにやられて全員斬り死にしていた。天一坊がよきに取り計らったからよかったが、これからは難しいぞ」

「どう難しくなるというんですか」

「越前守は我われを丁重に扱い、謝ったことを恥と思っているはずだ。しかし、もう調べることはできない。だから病気届けでも出して、親子ご対面の日取りを延ばすだろう」

「延ばすといっても、そう延ばしきれるものでもないでしょう」

「時間かせぎをして何かをするはずだ。その間に紀州に行って調べるのかもしれない。親子ご対面はそのあとのことになろう。あまり紀州を調べられるとまずい。今日明日にでも越前の家来が来るとすれば、そのようなことになるはずだ。まあ、覚悟をしておけ」

そして案の定、このあと越前守の家来平石治右衛門がやってきたのである。赤川大膳が対応すると、平石治右衛門は再調べのことを丁寧に謝して、こう伝えた。

「本日のことは早速将軍様に申し上げ、一日も早く親子ご対面の儀をお取り計らいしたいと存じますが、急病で主人大岡越前守が寝込んでしまいました。すぐには登城できそうもなく、ご対面はしばらく見合わせていただきたいと思います。天一坊様にもよろしくお伝えくださいますようお願い申し上げます」

4　紀州邸で調査開始

大岡越前守はまず、数名の家来とともに麴町にある紀州邸を訪れ、紀州家留守居役の渋田勝右衛門に面会を求めた。天一坊について再調べを行ったが、将軍様のご落胤として確証が得られなかったこと、穏やかでない悪相を持っていることを述べ、さらに沢の井という腰元奉公の女中について身の上を調べるために、加納将監殿に面会したいので許しをいただきたいと願った。しかし、渋田勝右衛門はすでに加納将監はこの世を去っており、倅の大隈という者が家督を継いでいると答えた。そこで、越前守は尋ねた。

「加納将監殿のお連れ合いはおられるでしょうか」

「いま六十ほどになりますが、まだ健在でおります」

「安心いたしました。では子息の大隅殿に面会し、さらにご母堂にお伺いすれば何かのお話が得られましょう」

渋田勝右衛門が大隅に通知し、早速、越前守は加納大隅方に参った。袴羽織姿であらわれた大隈はまだ若く、いかにも小心そうな男である。越前守は型どおりあいさつしたが、思いのほか相手が若いので不安に思った。大隅が用向きを尋ねると、越前守は天一坊一行が江戸表に参ったことから再調べの結果、さらに紀州調べにかかわるお尋ねである由を述べた。

「……その沢の井という者の身の上を調べたいのですが、何かご存知でしょうか」

「それは何年ほど前のことになりましょうか」

「二十二年ほど以前のことでございます」

「拙者は当年二十五歳なので、三歳の頃のこと。お気の毒ですが、記憶がございません」

「それはごもっともなこと。ところで、将監殿のお連れ合いはおられるでしょうか」

「いいえ、母はおりません……病死いたしまして」

「紀州家お留守居役の渋田勝右衛門殿によれば、今もご健在とのことでしたが」

「はあ、お聞きになりましたか。しかし、大病にかかりまして……全快はしましたが、亡くなったのも同様なのでございます。まったく耄碌《もうろく》しておりまして、ものを尋ねてもまともに返答できず、いま聞いたこともすぐに忘れます。死ぬのを待っているような有様で……」

すると突然、隣り部屋とを仕切る襖が開いた。

「ご免あそばせ。少々ご免ください」

そう言ってこの場に割り込んできたのは、ほかでもない大隅の母、将監の未亡人である。

5　「沢の井」の手がかり

「大隅、お前には本当に呆れました。情けなく悲しく思います。私が死んだだの、耄碌《もうろく》して物覚えが悪いだの、どうしてそんなことを言うのですか。いつ私が耄碌しましたか！」

「は、はあ」

不意を衝かれて倅は恐怖におののいている様子だが、母はまだ気が納まらない。

「それはともかく、死ぬのを待っているとは何事です。親不孝にもほどがあります。お前の兄がすべて亡くなり、一番末のお前を育ててようやく家を継がせたというのに。私の苦労も知らずに。どうして、そんな嘘をつくのですか……まあ、これはこれは越前様。あいさつもせず失礼いたしました。手前が加納将監の妻、この大隅の母です。大隅は今は何とか体裁を繕っておりますが、幼い時分は疳《かん》の虫《むし》がひどく、胎毒もひどかったのですが、できものだらけで死ぬところを、ようやく助けてやったのでございます。疱瘡《ほうそう》の時も……」

「どうか母上、そのようなことは……」

「どうせ耄碌しているのだから、何を言うかわかりません……家中の者の縁で嫁を迎えようといろいろかけあっているのですが、なかなかまとまらず困ったものです」

親子喧嘩の仲裁をするのは名奉行も苦手で、越前は取り繕うようにあいさつした。

「これは失礼しました。手前、町奉行の越前でござる」

「はい。このたびは私も陰ながら心配しておりました。私でわかることでしたら何でもお尋ねください。私はもう六十を過ぎておりますが、記憶だけはしっかりとしております」

倅はまったく立場を失ってしまったが、越前守は非常に喜んだ。

「大いに安心しました。早速ではございますが、加納将監殿のお屋敷で腰元奉公していた沢の井という者の身の上や、親戚などにつきましてご存知でございましょうか」

「それはわかりません、と申しますのも、当家では呉服の間に勤める女子は、みな沢の井と名前が決まっておりましたので。何代目の沢の井なのか、見当がつきかねますが」

「二十二、三年前のことを思い出してくださいませんか」

「その頃でも、二ヵ月ほどで交替したり、半年ほどで嫁に行った者などもございます。記録なども当家にはございませんが……そうです！　紀州表に参れば、当家だけでなく、屋敷に入る奉公人の口入《くちいれ》をしている家が二軒ほどございます。一軒は会田屋勘兵衛と申しまして、これは男の奉公人の口入をしております。女の奉公人は、梶田屋善右衛門と申す者が口入しております。当家には、別の間に菊の井という奉公人も手配しておりました。そうそう、当時の菊の井は城下の八幡様の神職藤岡伊勢という者の妻でございまして、当時の沢の井のことを知っているかもしれません。今でも存命のはずでございます。善右衛門のほうはなかなかの旧家ですから、昔からの帳面なども何十冊となく備えてございます。それを調べれば出身地や家族のことなどもわかるのではないでしょうか」

「これは大変助かります。調べの糸口がつかめましょう」

「お上のご威光で、梶田屋をこちらにお呼びになられてはいかがでしょうか」

「期日に限りがございますので、拙者なり家来なりが一度紀州表に参りまして、取り調べることになります。しかし、このことはご内密にお願い申し上げます」

「話が人にもれる心配はございません。心配なのは倅で、迂闊《うかつ》なことは申せません。人間が少し甘いほうで、遊び好きでございますから、どこで何を話すかわかりません。もっとも物覚えが悪く、いま聞いたこともすぐに忘れますから、あるいは大丈夫かと……」

6　和歌山へ二名を派遣

越前守は大喜びで加納大隅方を辞した。しかし役目が違うので、いきなり江戸南町奉行の越前が紀州和歌山に乗り込み、城下で取り調べするわけにはいかない。これも水戸中納言綱条公に相談申し上げるのが得策と考え、天一坊再調べの報告かたがた小石川のお屋敷に伺った。水戸中納言は山辺主税以外の者を人払いした。

中納言が事の次第を尋ねると、越前守は再調べの結果と今後のこと、つまり自分が病気届けを出して時間を稼いでいる間に、紀州和歌山で沢の井の身の上や親戚の消息について調べたい旨を述べ、和歌山邸の取り計らいで加納将監の妻と子息に面会し、和歌山で女奉公人の口入をしている梶田屋善右衛門という手がかりをつかんだことも申し上げた。

「しかし御三家のご領内に江戸町奉行の越前が手入れをするわけにも参らず、この儀を紀州家にご照会くださいますようお願い申し上げます」

「うん。もっともなことである。ただ今から当方より和歌山邸には照会して遣わすが、町奉行の越前守の家来として参るわけにはいかない。しかし、予の用事で和歌山表に参り天一坊ご出生の地を取り調べるのであれば差し支えない。そのように心得よ。ところで越前、和歌山表に参って調べる日限を何日と心得るか」

「ははっ。往きが四日、帰りが四日、調べに四日と心得ます」

「それは、よほど急がなければならない。その方が参るか」

「いいえ、手前は江戸に残り、天一坊を逃がさぬよう手配仕り、和歌山表には家来の平石治右衛門と吉田三五郎の両名を遣わします」

「うん、十二日間で事足りればよいのだが……」

「それ以上になれば、きっと老中がたが親子ご対面の儀を取り計らいましょう」

「もっともなことである」

と水戸中納言は言い、取り急ぎ紀州屋敷に参り、越前守の家来より先に早打ちの者を和歌山表に遣わし、取り調べについて照会してもらうよう山辺主税に命じた。

山辺主税はすぐに御前を立った。紀州江戸屋敷から紀州邸に照会するよう大急ぎで便を走らせ、水戸中納言の内命によって町奉行大岡越前守の家来が和歌山に着けば、滞りなく取り調べができるという段取りである。とりあえず越前守は安堵したが、時間の猶予はない。水戸中納言に別れを告げて屋敷に戻ると、主な家来を集めて言った。

「さて治右衛門、三五郎。天下の一大事である。何とかこれを解決しなければならぬ。苦労をかけるが和歌山表に参って天一坊の出生について取り調べ、さらに平沢村の沢の井と申す者とその子、さらに親戚の所在などについても取り調べてもらいたい」

「かしこまりました。往きに四日、調べに四日、帰りに四日。日限は十二日と心得ます。一日たりとも延ばせません」

「まったく同様に心得る。その日限を過ぎれば、この越前も奥も息子忠右衛門も自害しているだろう。大変な役目である。万端、滞りないように願う」

治右衛門、三五郎の両名は早速、早駕籠の用意をして急いで江戸を発った。越前守は、池田大助には江戸に残り天一坊一行を取り逃すことがないよう召し捕り方を申しつけた。

東海道の江戸の玄関口にあたる品川宿八ッ山の天一坊仮御殿では、相変わらず一同の者が酒宴をしていた。事が成就するかどうかみな思案する中で、山内伊賀之亮だけは腹をくくって成り行きを見守っていた。表を早駕籠が通り過ぎるのを見て、伊賀之亮が言った。

「思った通り、越前の家来が乗った早駕籠だろう。これから紀州表に参り、いろいろと取り調べをするはずだ。紀州和歌山までは、どうみても五日はかかる。帰りも五日、調べに十日、都合二十日はかかるはずである。その間に老中の松平伊豆守はしびれを切らし、親子ご対面の儀を進めるに違いない。この伊賀之亮なら十日か十二日ほどで済ませる仕事だが、越前にはできまい。二十日あれば大丈夫だ。みな、大名になる夢でも見るがよい」

（九）必死の証拠固め

1　菊の井の証言

　平石治右衛門と吉田三五郎の乗った駕籠は、飛ぶような早さで東海道を上《のぼ》り、大坂をへて紀州国和歌山に向かった。名草郡に到着したのは、予定より一日遅れて五日目の夕方だった。二人が本陣に案内されると、すぐに町奉行の植木七郎兵衛が手付きの者を連れて本陣に来て、治右衛門、三五郎と面会して事の次第を伺った。

　そこでまず、女奉公人の口入を行っている梶田屋善右衛門を呼んだ。二十五、六歳と思われ、早速、治右衛門が善右衛門に尋ねた。

「二十二、三年前、加納将監方へ沢の井という女奉公人を口入したと思うが、当時の帳面はあるか」

「その当時の帳面はございません。二十年ほど前でしたか、隣家の火事のもらい火をして手前どもの家も丸焼けになり、何一つ持って出られなかったような次第でして」

「うむ、弱った。その頃のことを思い出せないか」

「私は四、五歳ぐらいでしたから、記憶もございません。それに、加納将監様方では呉服の間に奉公する女は、みな沢の井というのが通称でございます。どんな名前も沢の井に改める習慣でございますから。私どもでは、沢の井と菊の井という名前がありまして」

そうだ、と平石は思った。加納将監の妻から菊の井という奉公人がいたことを聞いている。治右衛門は植木七郎兵衛に聞いた。

「同じ頃のことですが、やはり加納将監方に菊の井という奉公人もいたようで、その者が八幡の神職藤井伊勢の妻だと聞いております。それについて覚えてはおられませんか」

「白旗八幡の神職が藤井伊勢でございます」

「その者の家内が菊の井です。ここに呼び出していただければ、ありがたいのですが」

ただちに植木七郎兵衛は、藤井伊勢の妻を早駕籠で連れて来るよう手付きの者に命じた。

手付きの者は半里の道を急いで白旗八幡に赴き、神職を呼び出して来意を告げた。御用提灯を灯して奉行所から四、五人の者が来ているので、神職の藤井伊勢は大変驚いた。

「手前ではなく、家内のほうに何かお尋ねでございますか」

「そうだ。当代将軍様ご落胤と名乗る天一坊様の身の上について尋ねたい。大岡越前守殿のご家来がわざわざ江戸表より出張されたのだ。猶予がないので早速願いたい」

藤井伊勢は血相を変えて奥に入って行き、菊の井に言った。

「菊や菊、大変だ。江戸表の町奉行大岡越前守の家来が来て、お前を調べるというのだ。何でも将軍ご落胤天一坊様の身の上についてだとか。うっかりしたことを言ってはならん。係わり合いになって江戸にでも引っ張り出された日にゃ、金もかかるし、どんな迷惑がかかるかも知れない。何を聞かれても、知りません、一向に存じませんと言え」

「ようございます。その通りにいたしましょう」

菊の伊は承知して、何やら大きな包みをこしらえ、藤井も伴って本陣まで同道した。

平石治右衛門、吉田三五郎、植木七郎兵衛の三名が待っているところに、手付きの者が戻って来たので、すぐに伊勢夫婦を呼び出すよう七郎兵衛が命じた。

藤岡伊勢は次の間で何やら仕度をしていたが、やがて神職の装束と烏帽子姿であらわれた。妻が包みの中から取り出した緋色の袴と白木綿の上っ張りを着て右手に御幣、左手に鈴を持って従った。ともに六十ほどの年である。遅いので苛立ち加減の七郎兵衛が言った。

「祝詞《のりと》など上げる必要はない。平石殿、吉田殿のお尋ねに答えればよい」

それを受けて、平石治右衛門が尋ねた。

「藤岡伊勢、その方はよい。しばらく控えておれ。伊勢の妻菊の井はその方か」

「一向に存じません」

「二十二、三年前に加納将監殿方に奉公していたと思うが」

「一向に存じません」

「その折、沢の井と申す者も加納将監殿方に奉公していたと思われる。朋輩であれば、住

所なども心得ているのではないか」

「そのようなことも、一向に存じません」

「当方を愚弄するのか」

判を押したような返答のしかたに治右衛門が怒鳴った。

しかし、菊の井は怯えている様子である。あるいは何か心得違いをしており、係わり合いを避けていることを見て取った。脅かしては逆効果である。そこで治右衛門はニコニコと笑いながら十両の金を出した。

「菊の井、何も心配することはない。その沢の井という者の身の上さえわかればよいのだ。そのために、我われはわざわざ江戸表から出張したのである。何とか思い出してくれ。その当時の事情さえ申してくれたら、この金は褒美として遣わす。落ち着いて考えれば、朋輩の沢の井のことも思い出すに違いない。思い出せば、ほら、これをやるぞ」

「あ、そうそう。そういうことなら、ようやく思い出しました」

急に嬉しそうな、強欲そうな表情に変わった菊の井に、治右衛門はさらに尋ねた。

「加納将監殿方に奉公してから……」

「はいはい。沢の井さんの家のことなども聞いておりますが、忘れてしまいました。けれども、その沢の井さんが自分の在所に使いにやりました者がまだ達者でおります。手前どもの村におりますが、喜助と申しまして年は六十あまりでございます。まことに物覚えのよい男でございます。手紙やら衣服やらを持って参ったりしておりましたので、その喜助を呼んでお尋ねになれば、おわかりになるのではないでしょうか」

2　お三の身の上

ようやく糸口がつかめそうなので、治右衛門と三五郎の顔もほころんだ。早速、町奉行に頼んで喜助を呼び出してもらうことにした。藤井伊勢、菊の井はそのまま控えさせ、植木が至急、手付きの者に命じて喜助を呼びにやった。しばらくしてやって来た喜助は、藤井夫婦よりもだいぶ年を取っていたが、確かにしっかりとしている。治右衛門が菊の井から喜助に聞いてくれるように促した。菊の井は喜助を呼んで尋ねた。

「喜助さん。ほら、私もあなたも加納さんに奉公している時分にな、呉服の間の沢の井さんの家から頼まれて、よく手紙の使いで家に行ったでしょ」

「はあ、そんなことがございましたなあ」

「そのことについて、江戸表からお役人さんが二人お出でになったんだよ。それで私にお尋ねになったんだが、あなたが使いをしていたことを思い出したので、あなたに聞いたほうがわかるだろうと思ったのさ。あなたは沢の井さんのことを知っていなすったな。それで、よく沢の井さんの家に使いに行きましたな」

「ええ。もう月に二度三度も使いに行きましてな。婆さんのところに手紙を置き、また婆さんから沢の井さんに届け物があれば、よく受け取りに行ったことがございます」

これを聞いて治右衛門は大変喜び、自分で喜助に尋ねた。

「喜助、その沢の井という者は何という村にいたのか。また、どういう身分だったのか」

「ご城下からちょっと入った平沢村におりました。婆さんはお三といって、これが酒好きで、一杯飲ませるから買って来てくれだの酒のことばかり言っておりました」

「うむ、平沢村というのか。そこの名主は何と申すか」

「ええと平沢村の名主は……そう、松右衛門という人でございます。その人にお尋ねになれば、もっとよくわかりましょう」

治右衛門はまた町奉行の植木に頼み、まず郡奉行御当番を呼んでもらった。ほどなくして郡奉行の伊沢重兵衛が来ると、治右衛門は早速こう切り出した。

「急を要することなので、ご挨拶をあとにして郡奉行にお尋ねいたす。平沢村の名主松右衛門と申す者は存命しておりましょうか」

「さよう。もう年は六十あまりでございますが、存命いたしております」

「それはかたじけない。どうかその松右衛門を呼び出していただきたい」

伊沢重兵衛に呼び出されてやって来た松右衛門は、地元や江戸表からの偉い役人が列席しているので、だいぶ当惑気味である。重兵衛から紹介されて、治右衛門が尋ねた。

「松右衛門とやら、拙者は江戸町奉行所大岡越前守の手付きである。天一坊の身の上について尋ねたいことがあり当地に参った。ここにいる喜助が申すには、二十二、三年ほど前、平沢村のお三と申す者の娘が加納将監方の呉服の間に奉公していたとのことだが、そのお三と申す者はこの平沢村の出身なのか」

「いいえ、お三はもともと平沢村の者ではございません。だいぶ昔のことでございますが、平沢村のとなりの平野村に飴やら煮物などを売る店がございました。そこに夫婦者が小さな女の子を連れてやって来てその店で休んでおりますと、亭主が倒れてしまいました。私は隣村の者でございますが、その場におりました。介抱しているうちに亭主が段々よくなって参りましたので、いろいろと尋ねますと、播州の者で亭主は茂右衛門といい、女房はお三と申します。すぐには出立できず、済まないが村に置いてくれと申します。そこで、正直者らしい夫婦ですし小さな子供も連れておりますので、村の者も気の毒に思い、しばらく平野村に置いてやったのでございます。その後、事情があって平沢村に参りました」

3　沢の井の懐妊と出産の真相

「何を生業《せいぎょう》としていたのか」

「糸取りなどをしていたように聞いておりました。サワという娘が年頃になりましてから和歌山表の加納将監様方にご奉公に上がり、呉服の間で勤めておりました。そこで沢の井と名前を改めたそうでございます。それから一ヵ月ほどたち、茂右衛門は亡くなりました」

「茂右衛門の連れ合いのお三はどうなったのか」

「はあ。もう、とうに亡くなっております」

「死んだか。その娘の沢の井が懐妊したことは、村内のことだから存じておろう」

「へえ。加納様にご奉公しているうちに懐妊しまして、ご奉公もできないので家に戻って手当をしておりました。そのうちに月が満ちて出産しましたが、残念なことに子を産むと沢の井は血が上がって亡くなり、それから間もなく産まれた子も死んでしまいました」

「母子ともに死んでしまったのか。それで、産まれた子は女子ではなかろうな」

「へえ。男子でございます」

「その子は何歳までこの世におられたか」

「産まれてから、すぐに逝ってしまいました。沢の井が血が上がって死ぬと、跡を追うように子も死んだような次第で。残されたお三婆さんは狂人のようになりましてな。しかたがございませんから、最初にやって来た平野村のほうにかけ合いましたところ、今は亡くなりましたが平野村の名主七右衛門という者が引き取りまして、座敷牢のようなところに置いてやりました。しばらくして正気に戻りましたが、お三はその後、平沢村の村はずれにおりました。しかし気の毒なことに、お三婆さんも火事を出して焼け死んだそうでございます。詳しいことは存じませんが、平野村の名主を継いだ与右衛門という者にお尋ねください」

治右衛門と三五郎は互いに顔を見合わせた。沢の井が将軍吉宗公の胤を宿したのは事実だが、その子は生まれてすぐに亡くなった。ということは天一坊は紛れもなく偽者である。だいぶ夜もふけ二人は疲れきっていたが、引き続き調べを進めることにした。

4　沢の井親子の戒名と墓

収穫を得た治右衛門と三五郎は翌朝、再び町奉行植木七郎兵衛と会った。このあと二人は郡奉行の手付きに道案内を求め、松右衛門も同行して平野村の名主与右衛門方に急いだ。到着すると、手付きの者が用向きを伝えた。六十になる与右衛門は何かが起こったことを察して不安な表情である。治右衛門はサワとその母お三についてこれまで調べたこと、サワ親子が亡くなり、発狂したお三が平野村に送られたことなどを述べ、こう尋ねた。

「その後、お三はどうなったのかわからないか」

「二十年以上も昔のことで、あいにく当時のことは存じあげておりません。先代の名主七右衛門様が存命であればお話しできたでしょうが。しかし、七右衛門様と親しくしていた同年の金右衛門と申す者がおり、この者であれば、あるいは知っているかもしれません」

「それは助かる。すぐに案内してもらえまいか」

「よろしゅうございますが、老人の一人暮らしで手狭にしております。しかし、少々足腰が弱ったとはいえ、まだ達者にしておりますので、こちらに呼び寄せましょう」

与右衛門は金右衛門を呼びに行って少々時間はかかったが、与右衛門に導かれて金右衛門が杖をついてやって来た。与右衛門より十歳ほど年とって見えるが、記憶は確かだった。

「金右衛門、早速だが、お三という者を存じておろう。その娘と子が死んだことと、お三が狂ってしまったことについては松右衛門に尋ねて承知しているが、その後のお三のことについて知りたいのだ」

金右衛門は松右衛門の話と同様のことを述べたあと、お三のことについて語った。

「とにかくサワが産後に急変したため、驚いたお三婆さんは必死に介抱しましたが、亡くなってしまいました。誕生したばかりの男の子も母親のあとを追うようにして、じきに死んでしまいました。お三婆さんが大声を出しておりますので、近所の者も驚いて行ってみるとその有様でした。医者を呼んだが、間に合いません。そこで平野村と平沢村の名主同士が立ち会いで、サワと子を一緒に浄願寺に葬りました」

「親子が死んだことは聞いておる。ところで、浄願寺にサワと子の墓はあるのか」

「へえ、そのように聞いております」

「して、その浄願寺というのはそのままになっているのか」

「そうでございます。その時に引導を渡した周山という坊さんがまだおります」

治右衛門は町奉行の手付きに頼んで、周山をここへ呼び出してもらった。周山はすぐにやって来た。もう七十をすぎた老僧である。金右衛門が周山を見て言った。

「いや浄願寺様、ご苦労でございます。昔の、あのサワと赤子のことでございましてな。おおかたは私がお話し申し上げましたが、墓のことについてお役人が知りたいとのことで」

「おお、そのことか」

治右衛門が引き継いで、周山に尋ねた。

「周山、亡くなったサワの子は、じつは当代将軍吉宗公のお胤である。その方が沢の井と子を葬ったと聞いているが」

「いかにも手前どもが葬式を扱いました」

「沢の井親子の戒名はあるか」

「沢の井は釈貞操信女と申します。子のほうは……はい、ちゃんと備えてございます」

「墓はその後、そのままになっているのか」

「はい。お三が達者なうちは墓参りや付け届けもしておりましたが、お三が亡くなったあとは無縁同様になっております」

と言いながら、将軍様のお胤だったと聞いたので、咎《とが》められても困るし、あわよくばご褒美に与《あずか》ることもあろうかと、補足するように周山は嘘をついた。

「まあ、私ども出家でございますから、大切に回向供養などはいたしまして、できるだけ保護しては参りましたが……」

「早速、墓に参りたい。その方は先に帰って墓所の掃除をしておいてもらいたい」

「かしこまりましてございます」

周山は寺に帰って考えた。サワの墓はあるが、子の墓があるわけではない。そこで、苔むして誰の物かもしれない小さな墓石をどこからか探し出し、サワの墓のとなりに並べた。戒名など記されてはいないが、名前がないのは不都合である。そこでまた周山は考え、当代の将軍様は大徳の君子と聞いているので、取り急ぎ間に合わせで玄徳童子という名前を思いついた。掃除をして、花を手向けて水をやっているところへ平石治右衛門と吉田三五郎が郡奉行と手付き、名主の与右衛門とともにやって来た。妙にきれいな墓である。

「この釈貞操信女というのが沢の井殿か。玄徳童子というのは……」

「へえ。ご落胤様でございます」

「そうか。周山、手数をかけるが、これら戒名を二枚したためてもらいたい」

「かしこまりました」

そこで周山は位牌を二枚書くのだが、手元がおぼつかなく、どうも拙い筆跡である。

「わかった、わかった、もうよろしい。このことは江戸表で申し上げ、いずれ当山に何らかの手当があろう」

5　お三の死因と法沢の登場

治右衛門と三五郎は再び名主与右衛門方に戻り、金右衛門に尋ねた。

「金右衛門、お三はどうして死んだのか。病気で死んだのではないと聞いているが……」

「へえ。囲炉裏の中に倒れて死んでいたのでございます。雪の日で、酒を飲みすぎて深酔いして粗相《そそう》してしまったのだろうというのが、おおかたの話でございます」

「最初に発見したのは誰だ」

「それは手前の倅の文吉でございます」

「何歳になる」

「今いれば、二十四、五になりましょうか」

「というと、病死でもしたのか」

「いいえ。子供の時分に家出をしたのでございます。あれからどうしておりますものやら」

「その文吉の特徴はどうであった。背丈とか顔色とか……」

「背丈は高いほうでしょう。色は黒うございまして。以外に賢いやつでしたが、顔はまあ、不細工なほうでございます」

「うーん。その他にお三婆さんのところに出入りしていた者はおらぬか」

「愛想のよい者はみな出入りしておりましたが、身寄りがなくなりまして、頼る者はおりませんでしたから、皆で世話をしていたようなわけで……この平沢村に感応院という修験者がおりまして、その弟子の法沢と申す小僧が婆さんと大変親しくしておりましたな」

「その者はどうしておる」

そこで金右衛門はふと黙り、眉間に皺を寄せて考え込んだ。

「あれはでございますね、何年も前のことで……たしか……」

しばらくしてから、ようやく金右衛門が口を開いた。

「そう、いつか平野村の先代の名主七右衛門様から聞いたことがございます。お三婆さんが亡くなってからしばらくして、法沢さんは、亡くなった感応院様の仇を探しに出たそうでございます。その翌日、平野村の名主七右衛門様が加田の浦で血まみれの着物と手紙、脇差と連尺を見つけられた。刃傷沙汰があった様子なので、すぐにお役人様に届けられたそうです。それを、七右衛門様がとなりの平沢村に行って名主の総右衛門様に伝えると、法沢様は返り討ちに遭ったのだろうとおっしゃったとか。これは聞いた話でございます」

「仇というのは……」

「感応院の下男久助でございます。久助は下女のお霜と恋仲になっており、久助の親が大病なので親元に帰らなければならず、お霜もついて行ったそうです。それを法沢さんが追ったようですが……平沢村の総右衛門様がご存命なら事の次第も詳しくわかったでしょうが、この方もだいぶ前に亡くなっております。松右衛門様がご存知かどうか……」

松右衛門はすでに帰宅していたが、再度呼び出された。金右衛門がかつて仇探しに出た法沢が加田の浦でやられたらしい話について言及し、その後のことを総右衛門から聞いていないかどうかを松右衛門に尋ねた。

「たしかに、そんなことがございましたな……法沢さんを殺したのは久助だろうということになりました。加田の浦にあった手紙というのは、美濃国大垣にいる親から久助に宛てたものでしたが、法沢さんがそれを持って出ていたので、久助の犯行ということになったのでございます。しかし久助は、一ヵ月後にふらりと戻って参りました。戻ってきて感応院様が亡くなったことに驚いていましたが、それ以上に驚いたのは、自分に嫌疑がかけられていたことです。感応院様と法沢さんを自分が殺したという疑いです」

「それで、久助の犯行ということに……」

「絶対にそのようなことはしていないと久助は言っております。感応院様を殺したあと、のこのこ戻って来る馬鹿もいないだろうと。第一、法沢は死んでいないはずだと申しております。血染めの着物は犬を殺した血をなすりつけたものだと言い、手紙なども法沢自身がその場に置き捨てたものだと。久助とお霜は、それを加田の浦の物陰から見ていたと言うのです。たしかに感応院様の死体はあるのに、法沢さんの死体がないというのは妙でございます。ですから、久助が咎めを受けることはありませんでした。しかし一度は嫌疑をかけられた身ですから、犯人が捕まらないうちは久助もまだ心が晴れないでしょう」

「その血染めの着物や手紙などは残されているだろうか」

「へえ。そのまま平野村の不浄蔵に納められたそうでございます。何でしたら、久助にもお会いになったらいかがでしょうか。平野村の村はずれにお霜とともに暮らしております」

6　不浄蔵の証拠品

平石と吉田、二人の頭の中は目まぐるしく回転し、同じことを考えていた。吉田は至急、不浄蔵に納められたという血染めの着物や手紙を探してもらうよう郡奉行の伊沢重兵衛に頼み、伊沢は手付きの者にそれを命じた。平石は改めて金右衛門に尋ねた。

「その法沢という者の年恰好はどんなふうだ」

「当時、十五、六歳でした。いま生きているとすれば、二十歳をすぎたぐらいでしょうか。色の白い、顔立ちのととのった男でございます」

「色白で顔立ちのととのった男だと！　それで、感応院はどのように死んだのか」

「変死でございますな。ひどい中毒でも起こしたのか、血を吐いて亡くなっていたと聞いております。その時も法沢さんが自分一人ですべて処置なさったようで……」

「立ち会った医者はいなかったただろうか」

「名主の七右衛門様によれば、上田幸庵先生と申すお方だとか」

治右衛門は伊沢重兵衛に、医者の上田幸庵を呼び出してもらうよう頼んだ。伊沢自身がすぐに上田幸庵方に赴き、しばらくして六十になろうかと思われる医者を連れてきた。治右衛門、三五郎は江戸から当地にやってきた目的、これまでの調べについて伝えた。

「それで感応院は変死したと聞いている。どのような死に方だったのだろうか」

「毒にあたって死んだのは間違いございません。その時、私が中毒だと言えば迷惑する者が多いので、表向きは病死として済ませたのでございますが、当時の郡奉行、町奉行、寺社

奉行には、事実は中毒であると申し上げました」

「そうか。手数をかけるが、中毒に相違ないという書き付けをしたためてもらえないか」

上田幸庵はその場ですぐに書き付けを残し、治右衛門が礼を述べたあと帰宅した。金右衛門はまだ帰れそうにない。治右衛門が金右衛門に尋ねた。

「ところで、お三婆さんが亡くなったあと、家の中の物で何かなくなったものはないか」

「それは、私どもにはわかりません。私よりよく出入りしていた者にお尋ねになったほうがよいのでは……」

そこで、三五郎が思い当たり、かつて加納将監方にいた沢の井とお三の間を行き来していた喜助に確認することにした。再度、喜助を呼び戻して治右衛門が尋ねた。

「たびたび手数をかける。お三が亡くなったあと、家の中で紛失したものはないか」

「それでございますよ。沢の井さんが加納将監様方からお帰りになった当時、大事にしていた包みがございました。細長い棒のような物で、形見のような品でしたから、婆さんは大事にしてましたが。それが見当たらないようでございました」

治右衛門と三五郎は、互いの目を合わせた。

だいぶたってから伊沢重兵衛の手付きの者が、平野村の不浄蔵から大きな包みを持って戻ってきた。開けてみると、かび臭い古びた着物と書状、連尺が出てきた。着物はところどころ黄ばんでいる。人間の血は、年数がたてば黒ずんでくるはずである。古くなって黄色く変色するのは犬の血である。そんなことくらい治右衛門も三五郎も当然知っていた。

すべて、つじつまが合った。天は明らかにして、その正しきを照らす。天一坊と名乗って品川八ッ山にいる者は、感応院という修験者の弟子の法沢に違いない。法沢はお三婆さんを殺害してご落胤の証拠品を盗み、そのうえ感応院をも毒殺して、自分は加田の浦で殺されたように見せかけ、跡をくらましたのである。

そうとなれば、一刻も早く江戸表に帰って報告しなければ、主人である大岡越前守一家の命はない。しかし時間がない。日は暮れてだいぶたっており、江戸を発ってから七日目が過ぎようとしている。このあとも、久助とお霜を呼んで証拠を固めなければならないし、取り調べのすべてを書状にまとめる必要もある。このままでは予定の日時までに屋敷に戻ることはできないだろう。そこで治右衛門と三五郎は一計を案じた。

（十）徳川天一坊の最期

1　切腹の覚悟

大岡越前守が病気届けを出してから数日後、将軍吉宗が品川東海寺に出向いた。将軍としては、まだ天一坊が我が子なのか偽者なのかわからないが、本当の子であれば一日でも早く会いたいと思っている。それを察してか、老中松平伊豆守が東海寺からの帰途、八ッ山に立ち寄ってご対面なされてはとお勧めした。

しかし、大岡越前守を信じる将軍はそうしなかった。だからその後、伊豆守は越前守に対して病気が全快しだい速やかに登城せよと伝え、すぐに全快する見込みがないのであればお役ご免を申し出ろとまで言ってきた。こうした執拗な要求に抗しきれず、予定の日の前日、越前守はこのように申し出た。

「病は快方に向かっております。まだ心もとない状態ではありますが、明日の午後、登城仕りたく存じます。よろしくお願い奉ります」

そのあと越前守は、十三歳になる息子の忠右衛門にこう言った。

「明日までに治右衛門と三五郎が帰らなければ、天下のために切腹しなければならぬ。お前も無紋の裃を着て切腹の覚悟をしてくれ」

さらに家来の池田大助を呼び出して、こう命じた。

「紀州からの朗報がなく、いよいよ明日登城すれば、老中方は親子ご対面の儀の実現を図るに違いない。その時は切腹する覚悟である。その方に介錯の役を申しつける」

こうなっては池田も切腹を止めることはできない。越前守が明日登城すれば、まず老中方から天一坊再調べの結果を問われる。まさか紀州調べが戻るまでお待ちくださいとは言えない。病気届けを出し、お上を偽っての紀州調べである。水戸中納言の計らいで紀州家に照会してもらったと言えば、水戸中納言を巻き込むことになる。

翌朝。首尾よく運べば、平石治右衛門と吉田三五郎が紀州から戻ってくる日だが、まだ二人が戻る気配はない。越前守は、子息の忠右衛門とともに死装束を着て切腹の準備を始めた。そこに奥方からの手紙を届けに女中がやって来た。

「今日ご自害されると承りました。お許しになるなら冥土へのお供をしたいと思います」

と手紙に書かれていた。越前守も感じ入って、妻の願いを受け容れることを女中に伝えた。しばらくして奥方は女中に案内され、白装束に水晶の数珠を爪繰《つまぐ》り、懐剣を帯に手挟《たばさ》んで部屋に入り末座に座した。越前守が妻に言った。

「そちの願い、予も満足である。忠右衛門も仕度をしておる。そちも用意いたせ」

池田大助が用意した盃が越前守に差し上げられた。越前守と奥方、越前守と忠右衛門の間で盃が交わされ、越前守が大助に言った。

「大助、これが主従として今生の別れでもある。我われの死後、万事のことはその方に任すぞ。それにしても治右衛門、三五郎はどうしているだろうか。苦心していると見える」

「部下の者を東海道筋に遣わしましたが、まだ戻る気配はございません」

ややあって、子息の忠右衛門が申し出た。

「父上、忠右衛門が先に自害すればよろしいのでしょうか」

「待て。母の自害をしかと見届け、その後にそちがいたすのである……大助、大儀だが、奥の介錯を頼む」

「お言葉でございますが、どうしても手前どもには……」

「天下のために捨てる命。女とはいえ、奥も覚悟のうえである」

しかたなく大助が立ち上がり、襷《たすき》鉢巻《はちまき》を

して股立《ももだ》ちを取ると、奥方が別れを告げた。

「それでは一足先に冥土に参りたいと存じます。忠右衛門、そなたも続いて参りますよう」

「はい。すぐに忠右衛門も参ります。お父上もあとからお出でになりましょう」

「忠相《ただすけ》も参るぞ。それにつけても残念である。命を惜しむわけではないが、徳川の清き流れも九代で濁ろうとは……この忠相も死に兼ねる……では奥、用意をせよ」

奥方が八寸三分の匕首《あいくち》を抜くと、池田大助が背後で太刀を引き抜いた。すぐに忠右衛門も跡を追う構えである。家来たちは陰で涙にくれていた。奥方が咽元に切っ先を突きつけると、大助は太刀を脇に構えた。

2 早飛脚の朗報

その時である。

「申し上げます。早飛脚が到着してございます」

玄関番の家来が無礼を顧みず、息せききってその場に飛び込んできた。

「何、治右衛門と三五郎ではなく、早便が……」

それを取り上げるなり越前守は急いで開けて、書状に記された文字を追った。

「……やはり、天一坊は偽者である」

書状には紀州での調べの概略と、天一坊が偽者であることの明確な理由が書かれていた。自分たちは遅れて帰ることになるが、裏づけとなる十分な証拠もつかめたので、それを御上《おかみ》に申し上げ、自害を思い止めてくださるようにと治右衛門の達筆で記されていた。

紀州での調べが終わって七日目が過ぎた時点で、駕籠に乗って江戸を目指せばどうしても五日以上はかかるので間に合わない。となれば、自分たちの帰着は遅れても、早飛脚を使って事実を早く報告するしかない。手早く書状をまとめ、馬を飛ばせば予定の刻限までに江戸に着ける。何とか時間稼ぎができるはずだと治右衛門、三五郎は考えたのである。

「奥、大助。早まるな！　書状で天一坊が偽者であることが判明した。これでお上に説明できる。これから登城するが、治右衛門と三五郎の帰りを待て。自害は無用である」

家内の者、家来たちは安心した。越前守は急いで仕度をしたが、ふと思った。

「登城して、老中方や将軍吉宗公に対してこの事実を申し上げれば、老中方とくに松平伊豆守の立場はない。平石、吉田が戻って裏づけをすれば、伊豆守は切腹、七万石の領地は取り上げになりかねない。重役に腹を切らせ、お家をつぶすことが本意ではない」

そこで越前守はお供を従えて、まず松平伊豆守の屋敷に行きお目通りを願うことにした。取り次ぎの者に来意を告げると、伊豆守は、越前が天一坊様をご落胤と認めざるをえなくなり、言い訳をしに来たのだろうと思った。そこで困らせようと、取り次ぎにこう伝えさせた。

「越前ほどの賢い者が、愚かな伊豆守に面会を求める必要はなかろう」

越前守はさらにお目通りを願ったが、伊豆守は、

「勝手にしろ」

と怒り出し、取り次ぎ役も困り果てたので、越前守はこう言うしかなかった。

「では、そうさせていただきましょう。しかし、お気の毒ながら七万石のお家は断絶し、

松平伊豆守もご自害されることになるかもしれません」

ただならぬ雰囲気を察して取り次ぎも血相を変え、越前守の言葉を伊豆守に申し上げた。

「……そうか。では、面会いたそう。これへ通せ」

ようやくのことで、取り次ぎが越前守を連れてきた。

「ご面会いただき、ありがたく幸せに存じます。徳川天一坊の再調べではうまくやり込められましたが、どうしても将軍吉宗公のご落胤とは思えません。そこで、まことに勝手ではございますが、病気届けを出し、独断で紀州表の調べを行いました。それも覚悟のうえのことで、将軍家のことを考えたればこそ。そこで手前どもの平石治右衛門、吉田三五郎らを紀州表に遣わしたところ、天一坊が偽者であることが判明いたしました」

「何をもって、そのようなことを申すか。証拠でもあるのか」

「これは今朝、紀州表の両名より届きました早便でございます。本日着する予定が間に合わず、取り急ぎ紀州調べの次第を送ったものと心得ます。紀州調べの報告が遅れれば、親子ご対面の儀が進められることになります。それを阻止しようと考えた両名の判断でございます。一両日中に両名は十分な証拠とともに戻る運びでございます」

3　老中松平伊豆守の決断

越前守は書状を伊豆守に差し出した。読み進むうちに伊豆の顔面が蒼白になった。冷や汗を流して伊豆守が言った。

「越前よ許せ。ここは、予にすべてを預けよ。越前、その方の立場もあろう。事の次第は予から他の老中方に伝えたうえで、将軍吉宗公にお知らせするよう計らいたい。これには予もかかわり、その方は病気療養中ながら、紀州に公用人を遣わしたことにすればよい。その責めは予も負うとしよう。ともあれ、よきにお取り計いくださるようお願い申し上げる」

「ありがたき幸せに存じます。では、手前どもは一足お先に登城仕ります」

老中五人が登城すると、伊豆守は徳川天一坊についてさらに調べが進んだと伝え、まず大岡越前守に再調べの報告をさせた。後ろに控えていた越前守が進み出て申し上げた。

「恐れながら、病気を理由に徳川天一坊様についての再調べの報告が遅れましたこと、まことに申し訳なく存じ奉ります」

と前置きして、越前守屋敷に天一坊らを呼び寄せて取り調べたところ、十分な調べが進まなかったことを報告した。

「ということは、徳川天一坊様はやはり将軍公ご落胤に相違なく、このあといよいよ親子ご対面の儀に相成るということであるな」

と秋元但馬守が尋ねた。そこで松平伊豆守が取りなすように説明した。

「そのことでござる。じつは再調べのあと、証拠の品は本物に相違ないが天一坊の将軍ご落胤の真偽については調べが足らないと、この伊豆は越前より内密に連絡を受けていたのである。そこで、大事をとって紀州で調べを行ったところ、将軍のご落胤は産まれた直後に亡くなっており、何と天一坊が入れ代わっていたことが判明したのである。取り急ぎ事実を伝える書状が早便で届けられたが、明日にも十分な証拠がととのう運びである。それを、このあと将軍様にもお伝えしなければならない。親子ご対面を待ち望んでおられたことを思うと、まことに心苦しいことではあるが……」

「何と、恐れ多いこと！　そのようなことがあってよいものか」

但馬守だけでなく、他の老中方もみな同様に驚きおののいた。

「それにしても、越前の再調べの申し出に反対され、親子ご対面を急いでおられた伊豆殿にしては、ずいぶんと慎重でおられましたな」

「いや、まかり間違えば天下の一大事。やはり、あくまで慎重に事を運ばねばならぬと考え、大事をとったのである」

松平伊豆守は苦し紛れに切り抜けた。驚きが覚めやらぬなか、稲葉美濃守が提案した。

「信じがたいことではあるが、もはや天一坊は疑いなくご落胤の偽者であると断じてよかろう。しかし将軍様に申し上げるのは明日、十分な証拠がそろってからにしてはいかがか」

他の老中方もその意見に従った。

4　紀州調べの結果を将軍吉宗に報告

「申し上げます。ただいま平石治右衛門、吉田三五郎がほどなく帰着いたします」

翌朝、大岡越前守の屋敷において取り次ぎの者が主人に伝えた。大岡越前守をはじめ奥方、子息忠右衛門、池田大助ほか十数人の家臣が門内に迎えた。

「でかしたぞ、治右衛門、三五郎」

「ただいま戻りましてございます。奥方と忠右衛門殿はご無事で……」

「無事である。早便の手配、よく行き届いたぞ」

「それが調べの大筋でございます。詳しい取り調べの内容と証拠の書面はここにございます。天一坊は偽者でございます。証人も一人連れて参りました」

治右衛門は、天一坊の身の上や取り調べた者の人名や供述などを詳細に記した書面、証拠書きを越前守に差し出した。早駕籠に揺られてくるのも疲れるもので、主人一家の無事を見届けると治右衛門も三五郎もその場にくずおれ、しばらく目を閉じたままだった。

越前守は詳細な取り調べの書状を持って登城した。それを老中たちが確認すると、高木伊勢守が慎んでそれを言上した。しばらくして伊勢守が戻って言った。

「越前、将軍様が直々に話を伺われたいとのことである。伊豆守殿とともに参られよ」

そこで早速、松平伊豆守と大岡越前守が御前に参ると、将軍が仰せられた。

「越前、このたびの再調べ並びに紀州調べについてはおおかた聞いておる。天一坊と申す者は予の胤であるとのことだったが、偽りであることに相違ないか」

「恐れながら申し上げます。やはり天一坊は、徳川の天下を奪おうとする賊に相違ございません。手前どもの手付きの者二名が首尾よく紀州の調べを終え、確たる証拠を得て参りました。その次第を記しました書面もここにございます」

と申し上げて、越前守は治右衛門がしたためた書面を差し上げた。将軍吉宗はしばらく震えておられたが、書面を手元に置いて言った。

「越前、よく調べが行き届いた。そのような偽者と一度でも親子の名乗りをいたせば、家康公に対して吉宗、一言も申し訳が立たない。腹を切るぐらいでは済まぬことである。それを身命を投げ打ち、わずかな期間に紀州表の取り調べを済ませたとは感服した」

「恐れ入り奉ります」

「ところで伊豆。その方が申しつけて越前に紀州調べをさせたとのことだが、あれほど天一坊が我が胤に相違ないと申し、親子対面の儀を急いだその方の配慮としては、まことに異なことである。それにつけても偉い部下を持ってまことに幸せなものよのう、伊豆」

「ははーっ」

「越前、天一坊を取り逃がさぬよう召し捕り方万事を任せる。そのように心得ろ」

「かしこまりました」

「このたびのことについては、水戸綱条においても非常に苦心いたしておる。綱条の心得もあろう。よって両名、小石川に参ってこのたびの次第を説明せよ」

「委細、かしこまりました」

松平伊豆守としては、まったく立場がない。何とか取り繕ったとはいうものの、将軍吉宗はすべてお見通しのように思われる。将軍の仰せに従って小石川の屋敷に赴き、水戸中納言殿にお目通りを願うと、早速許された。伊豆守が来意を申し上げた。

「水戸殿におかれましてはご機嫌うるわしく大慶に存じます。今日、越前を同道しましたのは、水戸殿にもいろいろとご配慮くださいました天一坊の身の上の件でございます」

「あれはその方らが取り計らい、将軍様のご落胤に相違ないと定めたこと。聞くところによれば越前の再調べを差し置いて近日、親子対面となるよう働きかけておるとか」

「いえ。その儀につきましては、じつは先だってより何分天一坊の申し立てにいささか不審の点があり、さらに紀州調べを越前に申しつけましたところ……」

「ほほう。その方が越前に申しつけたと」

「はっ。その結果、天一坊は修験者感応院の弟子法沢ということが判明いたしました」

「そうか。それについて越前はまことに苦労していた。忠相、紀州調べは済んだか」

「御意にございます。平石、吉田両名が十分に調べ、幸い二、三の証拠を手に入れ、天一坊をよく知る者を同道いたしました。ただいま将軍吉宗公にご報告申し上げて参りました」

「そうであろう……伊豆！」

「その方が申しつけて越前に紀州調べをさせたとは、よく思いついたものだな。そのようなことはまったく聞いておらぬ。越前は、一度は閉門を申しつけられたにもかかわらず、なお身命を投げ打って徳川家のために紀州調べをいたした、このうえない誠忠の者である。その方もよい部下、よい町奉行を得て喜ばしかろう」

「ははーっ。恐れ入りました」

「越前は自分の功を誇らず、京都所司代、大坂城代、老中五名を助けたことになる。相当の謝礼をいたしてもよろしかろう……忠相、いま盃を遣わす。あれを見よ」

と水戸中納言が示した床の間の掛け軸に、家康公直筆の「誠忠」の二文字が記されている。越前守が恐れ入って頭を下げると、その前に供えてあった土器《かわらけ》を水戸中納言ご自身がお取りになって仰せられた。

「越前、これは綱条が遣わすのではない。家康公がその方の忠義、役目をまっとうしたことに感じ、格別の思し召しでくだされるお盃である。ありがたく頂戴するように」

「はっ。恐れ入ります。格別の思し召し、家康公のお杯、ありがたく頂戴いたします」

水戸中納言は小姓に命じ、長柄の銚子を運ばせて酌をさせた。小姓がなみなみと盃に酒を注ぐと、越前守はありがたくいただいた。すると、水戸中納言はこう言った。

「越前、その盃を老中伊豆守に遣わせ。苦しゅうない。伊豆に遣わせ」

伊豆守が面目を失って驚いていると、さらに水戸中納言が促した。

「伊豆、ありがたく盃を受けよ。越前守は徳川の天下を守った大功労者であるぞ」

「……ははっ」

そして越前守、伊豆守は小石川の屋敷をあとにした。伊豆守はその後の手配を他の老中方と協議した。越前守は急いで屋敷に戻り、すぐに八ッ山の天一坊仮御殿に使いを走らせた。

5　親子対面の儀を行いたい

旅の疲れは残っているが治右衛門が仰せつかり、数名の供とともに仮御殿に参った。

「町奉行大岡越前守の家来平石治右衛門と申す。赤川大膳殿にお目通り願いたい」

若侍が出て来意を聞くと奥の間に赴いて大膳に取り次いだ。大膳はどう対応したものか山内伊賀之亮に相談した。

「紀州を調べていたのだろうが、どう考えても戻ってくるには二十日はかかるはず。十二日目で使いをよこすとあれば、調べが行き届いたという心配はいらぬ。治右衛門が申し出たことをよく承り、重役協議をしたうえで返事をすると伝えて戻ってこい」

と伊賀之亮は答えた。大膳が小姓一人を伴って書院に入ると、治右衛門は両手をついて深々と頭を下げた。大膳から話し始めた。

「これはこれは、平石治右衛門殿。遅れて申し訳ない。今日はどのような用向きか」

「早速、申し上げます。じつは先日天一坊様に主人越前守の屋敷までお出で願い、念のため再調べいたしましたところ、将軍のご落胤であること疑う余地はございません。よって一日も早く親子ご対面の儀を取り計らうべきところ、越前守が今日まで病気のため登城できませんでした。ようやく今日、主人も全快いたしましたので明日、親子ご対面の儀を執り行いたく存じます。つきましては皆様に越前守屋敷までご足労くださいますようお願い奉ります。松平伊豆守がご元服申し上げます。ご老中、両町奉行がお迎えに上がり、水戸中納言様のご案内にてご登城と相成ります。親子ご対面のお盃が終わりましたら能の催しがあり、その後に西丸にお乗り込みとなり、西丸大納言様となられます」

治右衛門は淀みなく述べ終えた。赤川もようやく安堵した様子である。

「そうであるか。ついに将軍ご落胤と相定まったか。しかし、これは拙者の一存で返答するわけにも参らんので、しばらく控えていただきたい。ただいま上に伺うとしよう」

「何分よろしくお願い申し上げます」

と言い添えて、治右衛門は心の中で、「明日は、みな縛り上げてやろう」と決め込んだ。

大膳が意気揚々と奥の間に戻ると、みな酒を飲み始めていた。大膳は上機嫌で言った。

「案ずるよりは産むが易いとはこのこと。大岡越前守は病気のため事がはかどらなかったが、いまは全快したので早速、明日は登城のうえ披露をし、親子ご対面の儀を取り計らいたいという。ついては明日の四ッ時、越前の屋敷に来てもらいたいとのことです」

「そうか。まず、いい塩梅だな。委細承知したと言って、使いを帰せ」

と山内伊賀之亮は言い、大膳の姿を見ながらふと思った。

「たしかに自分であれば十二日で紀州調べが済むが、越前の手の者では、やはり二十日はかかるはずだ。しかし現地を知らなくとも、相当に目の利く者なら十二日でできないこともない。使いに来たのは、以前にも来た平石治右衛門である。越前の一番の家来と思われるが、紀州に行ったのは平石なのか。だとすれば調べが済んだのか。まさか……」

その日は、いよいよ明日親子ご対面の運びになったので、みな普段以上にうまい酒を飲んだ。酒量もだいぶ進んだので、伊賀之亮は多少控えるよう皆に注意した。伊賀之亮自身、物事がうまく運んで大詰めを迎えた今になって、冷静にならざるを得ないのである。

夜も更けて品川沖の海を眺めれば、相変わらず穏やかで、心なしかいつもよりは漁火《いさりび》が多い。あるいは、海路の固めとも考えられるが。街道も静かで一見、召し取りの手配が辻ごとに固められた様子はない。しかし、気になる。前に天一坊の再調べをした時は明らかにそれとわかる警護だったが、召し捕り方の者たちも同様のことはしないかもしれない。品川周辺は静かでも、その外側は厳重に固められていることも予想される。

　翌日、みな酔い疲れてはいたが、今日、これまでの願いが叶うと思えば心は軽く、浮き足立った気分は隠せない。それを押し殺して、最後の芝居に臨むべく全員が支度をととえた。

山内伊賀之亮だけは気分が優れず、すでに大役を果たしたことを理由に晴れの登城をせず、仮御殿で一行を見送ることにした。

6　血汐に染まった証拠の着物

　天一坊をはじめとする一行は、供揃えとともに意気揚々と大岡越前守の屋敷に乗り込んだ。天一坊は飴色網代蹴出黒棒の輿を下りると、案内の者に御座の間に導かれ、一段高いところに着座した。御簾《みす》が下げられている御座に対して、老中五人が両手をついた。老中を代表して松平伊豆守が申し上げた。

「本日は吉日と相成り、ご対面の儀をお取り計らい奉ります。つきましてはお墨付きと短刀の二品は将軍吉宗公に差し上げますので、何とぞお渡しのほどお願い申し奉ります」

本物である証拠の品だけは、早めに取り上げてしまう算段である。藤井左京から証拠の品を受け取って改めると、伊豆守はそれを持ってすぐに登城し、将軍にお渡しした。

紛れもなく遠い昔、沢の井に渡した物である。将軍は身震いされて沢の井を思いやった。沢の井と我が子もこの世を去ったと聞いており、将軍は不憫に思し召して落涙された。そしてお墨付きを火鉢にくべて焼いてしまい、短刀は紀州家に返すことにした。

越前守の屋敷から老中方がみな登城したあと、越前守は平石治右衛門に命じた。

「治右衛門、今日は山内伊賀之亮が参っておらぬようだ。たぶん、事が露見したと悟ったのだろう。その方、これより八ッ山に参り、召し捕りの手配をいたせ。廓《くるわ》の外に控える者たちを連れて参れ」

天一坊の仮御殿に残った山内伊賀之亮は、家来たちに適当に金を渡してこの場を去らせて酒を飲んでいた。しかし、大勢の役人が乗り込んでくると察するや、奥の間の一角を屏風で囲い、そこで座して懐剣を抜き、見事に腹一文字に掻き切り、さらに咽笛を突いて果てた。

そばに書き置きが残されており、これまでの一部始終がしたためられていた。

大岡越前守の屋敷では、越前が天一坊の前に出て申し上げた。

「ほどなくして松平伊豆守が下城仕りますれば、早速、ご元服と相成ります。ご退屈であらせられましょう。粗茶を一服献じとう存じます」

「それは、何と風流なこと。馳走にあずかろう」

「なお、今日はこの越前にとりましても、まことに喜ばしき日にございます。手前どもからも、徳川家のご繁栄を祝しましてご祝儀の品を用意いたしました。あれにございます。お気に召せば越前、無上の喜びに存じ奉ります」

と越前は次の間を示し、茶を勧めた。茶を一口含んだ天一坊が、それに興味を示した。

「越前、その方からの品、拝見するとしよう」

天一坊が目配せすると、心得ましたとばかりに赤川大膳が次の間に進み、三宝に乗せられて袱紗《ふくさ》がかけられた品を運んだ。そして、越前守に促されて大膳がそっと袱紗をとった。それを見るなり、天一坊は凍りつき、言葉を失った。

「血汐に染まった着物でございます。さぞや見覚えがございましょう」

越前守が語気を強めると、一同は不意を衝《つ》かれて一言もなかった。それは紛れもなく、加田の浦で法沢が犬の血をなすりつけ、脱ぎ捨てた物である。

「こ、このような物に、この天一、見覚えはない」

「何と、見覚えがないと申されるか。では、はっきりと思い出していただきましょう」

と言って越前守が合図を送ると、一人の証人があらわれた。

「――これはこれは法沢殿、久しぶりでございます」

それは感応院の下男、久助である。久助は天一坊の手下が制するのも聞かずに、お霜との駆け落ちから加田の浦での法沢の仕業まで、すべてを語った。

「いつか法沢殿が捕らわれることを望んでおりました。このたび江戸の名奉行大岡様のお蔭で願いがかない、遠路はるばるやって来たのでございます。お三婆さんを絞め殺し、証拠の品を盗み取ったこと、そのほかの悪事の数々、すべて白状しなされ。あくまで覚えがないと申されるなら左の肩を見せなされ。悪党の法沢には、そこに痣《あざ》があるはずでございます。

感応院にいた時分、風呂場で背中を流して差し上げました。佐渡国小島村の天一と申されるなら、痣がないのを見せればよろしい。見せられぬとあれば、やはり法沢殿か」

久助の言葉に圧されて、さすがの天一坊も進退窮まった。

すでに越前守の家来とともに、召し捕り方が控えている。越前守は赤川大膳、藤井左京、天忠らの罪状を数え上げ、こう言い渡した。

「これが再調べに継ぐ再調べである。すでに山内伊賀之亮は八ッ山で自害した。征夷大将軍たる徳川家が、その方らのあざとい謀《はかりごと》に陥るものか。大罪人どもめ」

天一坊以下の者ともが唖然としていると、越前守は天一坊の着座に踏み込み、その偽者を蹴落とした。その気迫に圧され、左京、大膳も飛び退いた。そこで御用となった。

＊

こののち一行の者それぞれの吟味が行われ、首謀者である天一坊、藤井左京、赤川大膳、常楽院天忠らは悪事をすべて白状した。そして天一坊は品川鈴ケ森で獄門、藤井ら三人は磔、その他、一行に加わった者たちは江戸払いとなった。徳川家のために身命を投げ打った大岡越前守忠相の一方ならぬ働きに対しては、御上から手厚いお言葉を賜りご加増が仰せつけられた。平石治右衛門、吉田三五郎、池田大助ほかの家来もご恩賞の沙汰となった。

久助には褒美が遣わされ、それとは別に、将軍から沢の井親子への餞《はなむけ》の志が託された。久助は国許に帰り、お三、沢の井親子の墓前に一部始終を報告すると、平野村の名主与右衛門、金右衛門らとともに三人の菩提を弔った。

巻末特集

天一坊事件と大岡政談

割田 剛雄

一 江戸時代を代表する名君「吉宗」

徳川吉宗（一六八四—一七五一）が第八代将軍に就任したのは、徳川家康が江戸幕府を開いてから百十四年目、江戸中期の一七一六年（享保一）のことです。

紀州藩でさまざまな藩政改革を実施し、成果をあげていた吉宗は将軍になるとただちに、二代前の第六代将軍家宣の時から側用人として重用された間部《まなべ》詮房《あきふさ》や新井白石たちを罷免し、幕府の財政難の対策を中心にさまざまな改革に乗り出しました。

①増税と質素倹約による幕政改革
②新田開発などの公共政策
③公事方御定書《くじがたおさだめがき》を制定し、司法制度を改革
④町火消しを設置しての火事対策
⑤市民の意見を取り入れる目安箱の設置
⑥小石川養生所を設置しての医療改革

などです。

吉宗の倹約の励行、武芸の奨励、年貢増徴などの改革は「享保の改革」と呼ばれ、松平定信の「寛政の改革」や水野忠邦の「天保の改革」とともに、江戸幕府三大改革の一つです。幕藩体制の立て直しをめざす「享保の改革」を断行するために、抜擢した一人が大岡越前守忠相《ただすけ》でした。

吉宗は積極的に新田開発を奨励したり、財政に直結する米相場を中心に改革を断行したので米将軍（八十八将軍）とも呼ばれ、財政破綻を復興した名君として江戸幕府中興の祖と称されました。

二　名君「吉宗公」のご落胤

庶民に倹約を強いる「享保の改革」が着々と成果を挙げる一方で、将軍吉宗は享保五年に飛鳥山に桜の苗木を植えさせて、江戸を代表する花見の名所にしたり、清国商人にベトナム象の輸入を発注して、庶民の娯楽を増進するなど、さまざまな施策を行い、名君としての評判を高めていきました。

ベトナム象の雄雌二頭ははるばる海を越え、享保十三年（一七二八）六月に長崎に到着します。九月に雌象が死亡しましたが、残った雄象は翌年三月に、広南（中国雲南省）人の象遣い二人、通訳二人、日本人の付き添い十三人とともに、長崎を出発してはるかに江戸に向かいます。

途中の京都では「従四位広南白象」の位を与えられて、中御門天皇や霊元法皇に拝謁するなど、官民をあげての熱狂的な歓迎を受け、世間の話題を独占していました。

同じころ、

「将軍吉宗公のご落胤」

と名乗る者が大坂に現れました。人品卑しからぬ若者の手には、吉宗直筆の書状と、葵の御紋入りの立派な短刀という証拠の二品がありました。申し立ての弁舌もご落胤に相応《ふさわ》しく、あくまでも爽やかで、対応した大坂城代土岐丹後守は驚愕し、判断を仰ぐため江戸表に注進します。

世に言う「天一坊（源氏坊義種、改行）事件」です。松平伊豆守などの幕閣は緊張し、その対処に苦慮します。将軍吉宗に内々に「ご落胤登場」を言上すると吉宗は、

「たしかに、将軍になる前の紀州藩での若き日に覚えがある」

といいます。江戸での最終吟味が伝えられ、大坂を出発した天一坊一行は、やがて品川宿に到着しました。

科学の発達した現代であれば、DNA鑑定などが可能です。しかしかつてはこうした「ご落胤」の登場が世情を騒がし、講談や芝居に取り上げられ、物議を醸しながら伝えられてきました。

例えば、①藤原不比等（飛鳥・奈良時代の公家）の天智天皇落胤説、②一休宗純（室町時代の禅僧）の後小松天皇落胤説、③保科正之（江戸時代の大名、会津藩初代藩主）の第二代将軍徳川秀忠落胤説、などが代表例です。

三　名奉行大岡越前の登場

名奉行として名高い大岡越前守忠相は、五代将軍・綱吉治世下の貞享三年（一六八六）に生まれました。将軍吉宗より二歳年下です。

綱吉時代に書院番や元禄大地震の復旧普請の仮奉行を務めて幕府官僚として成長し、六代将軍・徳川家宣の時代に遠国奉行のひとつである山田奉行（伊勢奉行）に就任しました。この山田奉行時代に、若き日の吉宗の不行跡をたしなめる名裁定をして、吉宗の信頼を得たといいます。

七代将軍・徳川家継時代の享保元年（一七一六）に普請奉行となり、江戸の土木工事や屋敷割を指揮しました。同年八月に徳川吉宗が将軍に就任すると、翌享保二年に江戸町奉行（南町奉行）に抜擢され、吉宗の「享保の改革」の一翼を担いました。

具体的には、

①享保三年に防火体制再編のため町火消組合を創設し、享保五年に町火消組織を「いろは四十七組（のちに四十八組）」の小組に再編成。

②瓦葺屋根や土蔵などの普及に努め、防火建築を奨励。火除地の設定をして、火の見制度の確立などを行い、江戸の防火体制を強化。

③享保七年、目安箱に町医師小川笙船の「貧病人救済の養生院設置の要望」が寄せられると、吉宗の命を受け、小石川薬園内に小石川養生所を設置。

④同じく享保七年には江戸近郊の秩序を再建するため、地方御用を拝命して農政にも携わり、役人集団を率いて武蔵野新田や上総国新田の支配、小田原藩領の酒匂川普請などに携わる。

⑤将軍吉宗が主導した米価対策では、米会所の設置や公定価格の徹底指導を行う。

⑥風俗取締では私娼の禁止、心中や賭博などの取締りを強化。

などの広範な活躍をしています。

さらに、元文元年（一七三六）八月に寺社奉行となり、元文三年（一七三八）に仮完成した公事方御定書の追加改定や御触書の編纂に関わるなど、司法改革にも従事しています。

四　天一坊事件の解決と、舶来象の人気

さて、ご落胤の出現に対して、

「若きころに、身に覚えがある」

と述べる将軍吉宗の述懐と、真筆の書き付けや葵の紋を象嵌《ぞうがん》した短刀という、揺るがぬ証拠の品を前にして、松平伊豆守などの幕閣の多くは天一坊をご落胤と認めます。そのなかで南町奉行大岡越前守忠相は、どのようにこの難問を裁いたのでしょうか。


本書では、天一坊の参謀山内伊賀之亮《いがのすけ》との知恵比べの問答、閉門蟄居《へいもんちっきょ》を命じられた忠相の死を賭しての行動、部下の必死の探索、そして、

「天一坊は真っ赤な偽物である」

と断じた、起死回生の見事な裁定が圧巻です。


享保十四年（一七二九）四月二十一日、天一坊は品川鈴ヶ森の刑場で処刑のうえ獄門となり、関係者も処罰され、さしも世間を騒がした「天一坊事件」も、一件落着しました。

そして一ヶ月後の五月二十五日にベトナム白象が江戸に到着。市民の熱狂的な歓迎を受けて市中を練り歩き、二十七日に将軍吉宗も江戸城大広間の前庭で観覧しました。象は浜御殿で十年にわたり飼育され、人気を集め、『江戸名所図絵』『山王祭礼図屏風』などにも取り上げられ、描かれています。

五　名裁判の数々

南町奉行大岡越前守忠相の活躍と名裁判の数々は、「徳川天一坊」、「村井長庵」、「越後伝吉」、「小

問物屋彦兵衛」、「煙草屋喜八」、「縛られ地蔵」、「五貫裁き」、「三方一両損」などの創作「大岡政談」として、講談や歌舞伎、浪曲、映画などを通じて庶民の絶大な人気を集めてきました。

なかでも、江戸末期から明治初年まで活躍した講釈師神田伯山（初代）は、「天一坊伯山」と呼ばれるほど大岡政談が得意でした。これらの講釈をヒントに河竹黙阿弥は安政元年（一八五四）に「吾妻下五十三駅（あづまくだりごじゅうさんつぎ）」を書き、明治八年に「徳川天一坊（天一坊大岡政談）」を脚色して、大好評を博し、今でも歌舞伎の人気演目です。

多方面で活躍した大岡越前守忠相は、『大岡忠相日記』を書き残しています。内容は私生活の記録ではなく純然たる職務日録で、行政官僚としての町奉行の内情を活写したものです。こうした信頼出来る歴史資料をもととする今日の研究成果では、忠相が町奉行時代に実際に裁いたのは享保十二年（一七二七）の「白子屋お熊事件」のみとされます。

今日「大岡裁き」と伝えられるものの多くは、同時期に活躍した関東郡代や北町奉行・中山時春が裁定したものと言われ、忠相没後の事件も含まれています。「天一坊」も関東郡代・伊奈忠逵《ただみち》が担当したものでした（『新国史大年表』第五巻二、一〇八頁など参照）。

このように、忠相が裁いたものでない事件が、忠相の名裁判とされて根強い人気を集めてきた背景には、江戸町奉行時代の裁判の見事さや、江戸の市中行政のほか地方御用を務め、格別の知名度

があったこと、さらに町火消し制度の創設や、小石川養生所の設置などの実績に、

「政治家はかくあるべし」

という江戸庶民の願望が仮託されて「政談」に結晶されたともいえます。

六　短編小説の秀作『殺された天一坊』

ところで、天一坊事件を語る上で忘れられないのは、探偵小説家・浜尾四郎の短編小説『殺された天一坊』です。浜尾は昭和初期に論理的な本格探偵小説を追求した先駆者で、昭和三年（一九二八）に検事を辞職して弁護士を開業しました。翌四年に当寺雑誌『新青年』の編集部にいた横溝正史に誘われて、『彼が殺したか』を執筆して『新青年』に発表。探偵小説デビュー作となりました。続いて同年に『殺された天一坊』を『改造』に発表し、高い評価を得ました。

浜尾は検事として裁判に携わってきた実体験をもとに、「人が人を裁くことの限界」を深く省察し、天一坊事件を裁く大岡越前守の、裁く者の心象を鮮やかに描いています。

また、世に見事な大岡裁きと称賛されている事例の、敗訴の裁きを受けた当事者をさり気なく登場させ、その心情を吐露させています。

戦前の探偵小説の屈指の秀作に挙げられる、忘れられない珠玉の短編です。

義と仁叢書7

大岡越前《おおおかえちぜん》　天一坊事件《てんいちぼうじけん》

平成二八年二月二五日　初版第一刷発行

編著者　国書刊行会
発行者　佐藤今朝夫
発行所　株式会社　国書刊行会
〒一七四—〇〇五六
東京都板橋区志村一—一三—一五
ＴＥＬ　〇三（五九七〇）七四二一
ＦＡＸ　〇三（五九七〇）七四二七
http://www.kokusho.co.jp
印　刷　株式会社エーヴィスシステムズ
製　本　株式会社ブックアート

ISBN 978-4-336-05982-6